JIAN FU GUO

健肤果

JIAN FU GUO

主编 雷　宇

编者 张　峻　　刘济生　　汪建平　　李凤良

　　　杨春兰　　陈永兴　　孙红艳　　万　嫣

　　　程乃哲　　岳建军　　刘　兵　　杜　芸

　　　朱玉伟　　房　萍　　李佳宇　　朱　博

　　　付胜祥　　杨蕴华

上海科学技术文献出版社

图书在版编目（CIP）数据

健肤果/雷宇主编.—上海：上海科学技术文献出版社，
2009.1

ISBN 978-7-5439-3442-9

Ⅰ.健···Ⅱ.雷···Ⅲ.水果-美容-食谱Ⅳ.TS972.161

中国版本图书馆CIP数据核字(2007)第195759号

责任编辑：何　蓉
封面设计：汪伟俊

健　肤　果

雷　宇　主编

＊

上海科学技术文献出版社出版发行
（上海市长乐路746号　邮政编码200040）
全国新华书店经销
江苏常熟市人民印刷厂印刷

＊

开本890X1240　1/32　印张6　字数139 000
2009年1月第1版　2009年1月第1次印刷
印数：1-6 000
ISBN 978-7-5439-3442-9
定价：15.00元
http://www.sstlp.com

目　　录

无花果

山楂

枇杷

梨子

苹果

草莓

桃子

猕猴桃

石榴

柿子

西瓜

梅子

无花果

　　无花果为桑科榕属落叶乔木,又名文仙果、映日果、蜜果、奶浆果、天生子、品仙果、隐花果等。早在公元前 3 000 年左右,地中海沿岸和西南亚的居民就已开始栽培无花果了。古人皆认为无花果是无花而实,其实它是有花而实。无花果是一种聚花果,所开的小白花很多,但难为肉眼看见,因为这些小白花皆隐藏在肥大的花托内侧,从外表上看只见果实而见不到花,如将未熟的无花果剖开,即可见到花托内侧的若干小花。有些品种的无花果无需受精即可结果,也有些品种必须由昆虫传播花粉,无花果的花托顶端有一小孔,开花后小孔就会张开来,小虫由此钻进去传播花粉。从果皮色泽看,无花果有黄、红两种。购买时,黄种应为淡黄色,红种应为紫褐色。此外,要求果皮不破不裂,色泽新鲜不萎,果皮上的网纹明显易见,肉质柔软。甜味不足,并有很浓的生腥味是果实不成熟的表现。无花果皮薄肉软,极易碰损,应轻拿轻放。买回来的无花果不能堆放在一起,应在阴凉、干燥处摊开,如一时吃不完,也可放置几天。

　　无花果有"果中名珠"的美誉。夏末秋初之时,无花果由绿变紫,渐趋成熟,完全成熟的无花果软烂而无核、多汁而味甘,每 100 克可食部分中含有水分 81.3 克、蛋白质 1.5 克、脂肪 0.1 克、膳食纤维 3 克、碳水化合物 13 克、钙 67 毫克、磷 18 毫克、铁 0.1 毫克、锌 1.42 毫克,还含有胡萝卜素 30 微克、维生素 $B_1$0.03 毫克、维生素 $B_2$0.02 毫克、尼克酸 0.1 毫克、维生素 C2 毫克,果酸的主要成分为柠檬酸、延胡索酸、苹果酸、琥珀酸等。

　　无花果性平味甘,具有开胃润肠、止泻痢、益气补血、防癌抗癌的功效。适用于痔疮、产后缺乳、食欲不振、肠道寄生虫病、便秘、咽喉肿痛等。

　　常吃无花果,可以排毒养颜。

　　无花果也是一种很好的抗癌食品。在无花果树的乳胶和干果的提取物中以及鲜果的白色乳汁中,含有一种能够抑制肿瘤的有效成分,对乳腺癌、骨髓性白血病等恶性肿瘤具有明显的抑制作用,可控制肿瘤恶化。

　　无花果除了生食外,还可以加工成果干、蜜饯、果酱、罐头等。家庭种植无花果者,可将采摘下来的无花果用蒸笼稍蒸一下,晒干贮存于干燥处备食。无花果亦可烹制菜肴,用火腿或猪肉、香菇炒无花果,味道清香鲜美。

　　成熟的无花果容易腐烂变质,凡变质者不能食用。

冰糖无花果

　　【原料】无花果5个,冰糖适量。

　　【制作】将无花果洗净,放入碗内,加入适量清水和冰糖。将无花果置笼上蒸约30分钟后即成。

　　【功用】养颜健肤,清肺利咽。

蜜饯无花果

　　【原料】鲜无花果100克,蜂蜜100克。

【制作】将无花果洗净,切成薄片,放入锅中加水煎煮至七成熟时,再加蜂蜜拌匀,以小火煮至熟透,收汁后冷却,装瓶即成。

【功用】养颜健肤,健胃润肠,防癌抗癌。

无花果煮鸡蛋

【原料】鲜无花果 60 克,鸡蛋 1 个,米酒 15 克,麻油、精盐各适量。

【制作】将无花果洗净加水煮汁,去渣后将鸡蛋放入煮熟,去蛋壳后再煮,最后淋上米酒,并放入麻油、精盐即成。

【功用】养颜健肤,健脾清肠,解毒抗癌。

无花果炖猪蹄

【原料】无花果 100 克,猪蹄 2 只,精盐、味精各适量。

【制作】将猪蹄去掉爪壳,洗净,顺趾缝剖开。取沙锅置火上,放入清水、猪蹄、无花果,加入精盐,用旺火煮沸后,改用小火炖至熟烂,调入味精即成。

【功用】养颜健肤,养血通乳。

山　楂

　　山楂为蔷薇科植物山楂和野山楂的果实,又名山里红、红果、映山红果、胭脂果、酸枣山梨、海红等。山楂的种类约有100余种,多分布于北半球温带,以北美东部为最多。我国也是山楂的原产地之一,共有山楂品种17种,但人工栽培的多为大山楂。我国栽培的山楂优良品种有河北兴隆红瓤大楂、山东福山大金星、山东益都红口山楂、辽宁软核山楂、云南大白果等。现在,全国各地均有山楂栽培,其中以山东、河北、辽宁、山西、云南等地分布最为广泛。购买山楂,以果个大而均匀,色泽深红而鲜艳,果点明显,有香气,无蛀虫,无损伤,无皱皮果为好果。短期存放的山楂,可放在透气、散热的容器中,在阴凉、干燥处保存。也可将选好的山楂装入保鲜袋中密封,放入冰箱中保存一段时间。

　　每100克可食部分中含有水分73克、蛋白质0.5克、脂肪0.6克、膳食纤维3.1克、碳水化合物22克、钙52毫克、磷24毫克、铁0.9毫克、锌0.28毫克,还含有胡萝卜素0.1毫克、维生素$B_1$0.02毫克、维生素$B_2$0.02毫克、尼克酸0.4毫克、维生素C53毫克,以及山楂酸、酒石酸、柠檬酸、黄酮类物质等。

　　山楂味酸、甘,性微温,具有消积食、散淤血、驱绦虫、止痢疾、化痰浊、解毒活血、提神醒脑、清胃等功效;适用于食积、痰饮、泻痢、肠风、腰痛、疝气、产后恶露不尽、小儿乳食停滞等。

　　山楂中丰富的黄酮类及大量的维生素,能够有效地阻止自由基的生成,有利于健肤美容。山楂中的三萜类和黄酮类成分具有扩张冠状动脉、增加心肌收缩力、减慢心率和改善血液循环的功能,并具有降低血清胆固醇、降低血压、利尿、镇静作用。壮荆素是山楂所含有的黄酮类化合物,这是一种具有抗癌作用的药物成分。山楂中的槲皮黄甙具有扩张气管、促进气管纤毛运动、排痰平喘之效,有利于气管炎患者的治疗。焦山楂及生山楂均有很强的抑制福氏痢疾杆菌、宋内氏痢疾杆菌、变形杆菌、大肠杆菌、绿脓杆菌、金黄色葡萄球菌的作用。

山楂采摘后应尽快加工,或采用沙藏法、坑藏法,并控制温度、湿度和通气条件,以减少山楂营养成分的损失。山楂可制成各种食品,如山楂糕、山楂酒、山楂酱等,还可以制成罐头、蜜饯、菜肴等风味食品。

山楂虽是佳果良药,但不宜过多食用。《随息居饮食谱》中记载:"多食耗气,损齿,易饥,空腹及羸弱人或虚病后忌之。"此外,下列几种人不宜多食山楂:一是孕妇,山楂有破血散瘀的作用,能加速子宫的收缩,孕妇过食山楂易导致流产;二是儿童,小儿脾胃较弱,过食山楂会损伤胃,降低消化功能,导致消化不良而引起消瘦等;三是胃溃疡患者,患者胃中经常保持较高的酸度,会损伤胃黏膜,不利于溃疡的修复;四是低脂肪者,因为山楂具有降血脂作用,血脂过低的人多食山楂会影响健康;五是服用人参等补品时不宜吃山楂及其制品,以防止其抵消人参的补气作用。

山楂消食饼

【原料】鲜山楂 250 克,白术 150 克,神曲 30 克,面粉、精盐、植物油各适量。

【制作】 将山楂洗净,放入锅内,加入清水,煮熟取出,去皮去核,制成山楂泥。白术、神曲研成细粉。将山楂泥、白术、神曲放入盆中,加入精盐、面粉、温水,和成面团,制成大小均匀的薄饼。平锅置火上,涂上植物油,放入薄饼,烙至两面金黄、薄饼熟透即成。

【功用】 养颜健肤,健脾养胃,消食化积。

蜜饯山楂糕

【原料】 山楂糕 300 克,淀粉 50 克,精白面粉 50 克,白糖 100克,蜂蜜 25 克,植物油 500 克(实耗约 50 克)。

【制作】 将山楂糕切成手指粗条。淀粉、面粉加水调成糊,将山楂条放入糊中。炒锅置火上,放油烧至七成热,将楂条分散放入油中,炸至金色时捞出。炒锅置火上,加入清水、白糖、蜂蜜,熬至水尽即将出丝时,将山楂条倒入,翻锅即成。

【功用】 养颜健肤,消食降脂,活血散瘀。

脆皮玛瑙

【原料】 山楂糕 500 克,面粉 200 克,植物油 300 克(实耗约50 克),发酵粉适量。

【制作】 将山楂糕切成长条。面粉放入碗内,加入清水、植物油,制成脆皮糊。炒锅置火上,放油烧热,将发酵粉放入脆皮糊中

拌匀,再将山楂糕挂糊,分散下油锅炸至金黄发脆,捞出沥油,装盘即成。

【功用】养颜健肤,健脾消食,益气补血。

藕夹山楂

【原料】鲜藕 300 克,山楂糕 200 克,白糖 50 克。

【制作】将藕洗净,刮去外皮,切成 0.3 厘米厚的片,放入开水锅中焯透,放入凉开水中过凉,再捞出沥干水分,放入盘中。将山楂糕切成比藕片略小的片,用两片藕夹一片山楂糕,逐个夹好后码入盘中,炒锅置火上,放入白糖和清水,小火烧开并收浓糖汁,离火晾凉后将糖汁浇在藕片上即成。

【功用】养颜健肤,鲜脆甘甜,减肥轻身。

山楂苔干

【原料】山楂糕 50 克,水发苔干菜 150 克,白糖 40 克,醋 5 克,麻油 4 克。

【制作】将苔干菜切成 4 厘米段,入开水中烫一下,捞出控干水分。将山楂糕切成 4 厘米长、0.5 厘米粗的条备用。将山楂糕 20 克、白糖 20 克、醋 5 克,加水适量,放热锅中化成浓汁,倒入盆中,将苔干菜放入,搅匀后腌 10 分钟,使其入味。炒锅置火上,加麻油烧热,下苔干菜和余下的白糖、山楂糕,翻炒几下即成。

【功用】养颜健肤,健脾开胃。

山楂拌菜花

【原料】罐头山楂 200 克,菜花 200 克,白糖 30 克。

【制作】将菜花择洗干净,切成小朵,放入开水中烫一下,捞出后沥干水分,放于盘内。将山楂连汁一起浇在菜花上,加入白糖即成。

【功用】养颜健肤,防癌抗癌,促进食欲。

白糖拌山楂藕丝

【原料】山楂糕 50 克,嫩藕 250 克,白糖 30 克,醋、味精各适量。

【制作】将藕洗净去皮,切成丝。山楂糕切成丝。取盘,将藕丝放入,山楂糕丝堆在葱丝上。白糖、醋、味精加适量水调成汁,浇在盘中即成。

【功用】养颜健肤,活血化瘀。

山楂烤鸡

【原料】山楂 250 克,烤鸡 1 只,白糖适量。

【制作】将山楂洗净后放入锅中,加水,置火上烧开,至山楂裂皮取出,去皮,去核,将肉加水和白糖置火上烧开,焖烂为止。烤鸡用刀将脯肉片下,浇上山楂即成。

【功用】养颜健肤,益气补脾。

山楂雪花土豆

【原料】山楂糕 50 克，土豆 250 克，金橘饼 5 克，桂花 2 克，白糖 50 克，面粉 20 克，鸡蛋清 1 个。

【制作】将金橘饼、山楂糕切成碎末，加入桂花拌匀成馅。在鸡蛋清中加入面粉，调成蛋清糊。土豆洗净去皮，切成扁圆形块，从中央挖一个小洞，将金橘饼、山楂糕碎末塞入小洞，再将挖下的部分涂上鸡蛋清糊，封上口，然后置笼上蒸 10 分钟左右，取出晾凉备用。炒锅置火上，放入清水、白糖，熬起泡沫时，下入土豆，用手勺上下铲翻，使土豆全部黏上白糖汁即成。

【功用】养颜健肤，补脾助运，理气开胃。

山楂梨丝

【原料】梨 500 克，山楂 200 克，白糖适量。

【制作】将山楂洗净去核，梨洗净去皮、核，切成细长的丝，放在盘子中心。炒锅置火上，放入白糖，加少量水熬至糖起黏丝时，放入山楂炒至糖汁透入时起锅，将山楂一个个围在梨丝四周即成。

【功用】养颜健肤，养颜润肤，延年益寿。

山楂炒豆芽

【原料】鲜山楂 150 克，绿豆芽 200 克，花椒 5 粒，葱 5 克，生姜 5 克, 精盐、黄酒、味精、植物油各适量。

【制作】将绿豆芽摘去根须, 洗净沥干。山楂去核切成丝, 葱、生姜洗净切成丝。炒锅置火上, 放油烧至四成热, 下花椒, 炸出香味时捞出, 再下葱、生姜丝煸香, 加入绿豆芽翻炒, 加黄酒、精盐、山楂炒几下, 加入味精, 翻炒几下即成。

【功用】养颜健肤, 开胃消食, 减肥美容。

山楂鱿鱼卷

【原料】鲜山楂 150 克, 水发鱿鱼 250 克, 青菜心 20 克, 植物油 15 克, 湿淀粉 10 克, 葱花 5 克, 生姜末 5 克, 精盐、黄酒、味精、鲜汤各适量。

【制作】将鱿鱼洗净, 去外皮膜, 用坡刀每隔 0.2 厘米打一刀纹, 再转向每距 0.2 厘米打一刀纹, 形成交叉的花刀纹, 然后每隔 0.2 厘米切成条, 下沸水锅烫成卷形。山楂洗净去核切成片。炒锅置火上, 放油烧至四成热, 放入葱花、生姜末煸出香味, 加入鱿鱼卷、山楂片、青菜心翻炒, 烹入黄酒、味精、精盐、鲜汤, 拌匀, 用湿淀粉勾芡即成。

【功用】养颜健肤, 开胃消食, 降脂减肥。

山楂肉干

【原料】山楂 150 克, 猪瘦肉 400 克, 黄酒、味精、酱油、白糖、葱段、生姜片、花椒、植物油、麻油各适量。

【制作】将猪瘦肉洗净沥干。山楂去杂洗净,半量放入沙锅内,加清水用旺火烧开,投入猪瘦肉,用小火熬煮至六成熟,捞出猪瘦肉切成肉条,再加入适量酱油、黄酒、葱花、生姜片、花椒,将肉条拌匀,腌渍1小时左右,沥去水分,待肉色微黄时捞起控油。将余下的山楂下油锅略炸,投入肉干,反复翻炒,小火烘干,酌加麻油、味精、白糖,炒匀即成。

【功用】养颜健肤,滋阴润燥,健脾开胃。

山楂荸荠

【原料】山楂糕250克,鲜荸荠400克,白糖75克。

【制作】将荸荠去皮洗净,改成大小相似的椭圆形状,从当中挖一小圆洞,然后加白糖拌匀,腌渍5分钟。将山楂糕切成丁、塞入荸荠洞内,将白糖熬成蜜汁浇在上面即成。

【功用】养颜健肤,健脾消食,止咳化痰,降压降脂。

枇　杷

　　枇杷为蔷薇科落叶小乔木植物枇杷的果实,又名芦橘、芦枝、金丸等。枇杷原产我国,距今已有 3 000 多年的栽植历史,现主要分布在长江流域和长江以南各省,尤以福建、浙江、江苏为多。我国的枇杷品种多达 100 余种,著名的品种有福建莆田的照钟、青钟、白梨、早黄、软条、解放钟等,以及洞庭山鸡蛋红、浙江塘栖大钟和梅花霞、湖南的牛奶枇杷等。若按果肉的颜色来分,可分为白沙枇杷和红沙枇杷。白沙枇杷味甜似蜜,香味浓郁,优于红沙枇杷。枇杷购买时应捏果柄,切忌捏果,并尽可能不擦掉果面的茸毛,以免引起腐烂。刚买回来的枇杷,应从包装袋中取出,在室内阴凉、干燥处摊开,可放置几天。枇杷不能冷藏,否则香甜消失,吃起来平淡无味。

　　枇杷是初夏佳果,吃起来甘润甜美,每 100 克可食部分中含有水分 89.3 克、蛋白质 0.8 克、脂肪 0.2 克、膳食纤维 0.8 克、碳水化合物 8.5 克、钙 17 毫克、磷 8 毫克、铁 1.1 毫克、锌 0.21 毫克,还含有胡萝卜素 0.7 毫克、维生素 B_1 0.01 毫克、维生素 B_2 0.03 毫克、尼克酸 0.3 毫克、维生素 C 8 毫克,以及果胶、有机酸等营养物质,枇杷具有保护视力、保持皮肤健康润泽、促进儿童身体发育的功效。

　　枇杷性凉,味甘酸,具有润肺、清肺、止咳、和胃、止渴、下气、止吐等功效。适用于咳嗽、吐血、衄血、呕逆等。

　　枇杷中的脂肪与蛋白质都极少，也没有胆固醇。矿物质以钾的含量最丰富，比苹果或柑橘还高，钠的含量则很低，对高血压的预防和降低绝对有益。在抗氧化剂方面，金黄色的果肉是胡萝卜素的招牌，不仅 β 胡萝卜素高于苹果和柑橘，还有少量的 α 胡萝卜素与其他类型的色素成分。β 胡萝卜素是植物性食品中最有效率的维生素 A 来源，可以针对人体的需要代谢转换。

　　食用枇杷前应将表面的绒毛揩尽，然后洗净。枇杷除可鲜食外，还可以加工成罐头、蜜饯、果酱和果酒等。

　　食用枇杷要有节制，过食易发痰热，伤脾胃。此外，脾虚泄泻者忌食。

枇杷冻

　　【原料】枇杷 500 克，琼脂 10 克，白糖 150 克。

　　【制作】将琼脂用水泡软，枇杷洗净，去皮，一剖为二，去核。取锅，加入白糖、琼脂、水，熬汁。将枇杷放入碗中，倒入琼脂汁，晾凉，放入冰箱内冷冻即成。

　　【功用】养颜健肤，利肺通气。

豆茸酿枇杷

　　【原料】鲜枇杷 20 枚，赤豆沙 100 克，松子仁 50 克，白糖、糖桂花、湿淀粉各适量。

　　【制作】将枇杷逐一剥去皮，挖去核和内膜，但不能弄碎枇杷肉,口朝上放在盘中。再将赤豆沙分别酿入半个枇杷中,在枇杷切口周围插上松子仁5粒,整齐排在盘内,置笼上蒸5分钟取出。锅内加水适量,加入白糖、糖桂花,烧沸,用湿淀粉勾稀芡,浇在枇杷上即成。

【功用】滋阴润肺,滑肠通便,养颜嫩肤。

冰糖炖枇杷

【原料】枇杷500克,桂圆肉30克,樱桃30克,罐头青豆30克,冰糖150克,玫瑰糖适量。

【制作】将枇杷洗净,用刀切开,去核除皮,放入开水锅中稍焯,用漏勺捞出,放入冷开水中。将桂圆肉放入温开水中稍泡,捞出放入碗内。炒锅置火上,加入清水、冰糖烧沸,待冰糖溶化后加入樱桃、桂圆、青豆、玫瑰糖、枇杷肉,煮开后起锅,倒入汤碗内即成。

【功用】养颜健肤,清热润肺,养胃生津,和胃止呕。

枇杷银耳

【原料】鲜枇杷250克,干银耳50克,白糖50克,湿淀粉适量。

【制作】将枇杷洗净去皮、核,切成小片。银耳水发后择洗干净,放入碗中,加入清水,装入笼,蒸至熟烂取出。炒锅置火上,放入清水、白糖,烧沸后放入银耳、枇杷,煮沸后用湿淀粉勾芡,出锅倒入汤碗内即成。

【功用】养颜健肤,清润肺燥,养胃生津。

百果豆沙枇杷

【原料】大枇杷20棵,百果蜜饯30克,豆沙50克,蜜饯红瓜5克,瓜子仁5克,白糖150克,湿淀粉15克。

【制作】将枇杷摘去柄,削个小口,底部修平,再用牙签从小口处取出核,挖去核膜,剥去果皮,保持果肉完整,放在沸水中轻烫一下,用清水冲凉,沥净水,在盘中摆成菱形。将蜜饯、豆沙、白糖拌匀后填入20颗枇杷内,在每颗枇杷口上用5片瓜子仁插成梅花形,再将蜜山楂切成末,放在花蕊处,置笼上用旺火蒸2分钟后取出,沥去水。炒锅中放150克清水和150克白糖,烧沸后撇去浮沫,加湿淀粉勾芡,浇在枇杷上,再撒上糖桂花即成。

【功用】养颜健肤,清肺化痰,润肺止津。

枇杷拌鸡

【原料】枇杷150克,嫩鸡肉250克,精盐、白糖、味精、黄酒、葱、生姜、番茄酱各适量。

【制作】先取锅1只,加入鲜汤、黄酒、葱、生姜、精盐、味精,熬成卤待用。将鸡肉洗净,置笼上蒸5分钟取出,将鸡肉放入精盐水卤里浸30分钟,枇杷去皮、核,一切两半,同鸡片一齐整齐地排列在盘中。番茄酱盛入碗内,加入精盐、白糖调匀,浇在鸡肉上面即成。

【功用】养颜健肤,补气清肺,养阴生津。

梨　子

　　梨属蔷薇科植物,又名玉乳、蜜父、快果等,素有"百果之宗"的雅称。梨子原产我国,栽培史在2 000年以上。我国梨的品种很多,当代的优良品种有山东莱阳梨、河北鸭梨、北京京白梨、吉林苹果梨、辽宁南果梨、青海冬果梨、贵州大黄梨、安徽砀山梨、四川苍溪梨、新疆库尔勒香梨等。选购时以果实大、果形圆整、果面呈光滑感者为佳。

　　梨子鲜嫩多汁,酸甜可口,营养价值也很高。每100克可食部分中含有水分90克、蛋白质0.4克、脂肪0.1克、膳食纤维2克、碳水化合物7.3克、钙11毫克、磷12毫克,还含有维生素$B_1$0.01毫克、维生素$B_2$0.04毫克、尼克酸0.1毫克、维生素C1毫克,以及柠檬酸和苹果酸等有机酸。

　　梨子性凉,味甘微酸,具有清心润肺、利大小肠、止咳消痰、清喉降火、除烦解渴、润燥消风、醒酒解毒等功效。适用于慢性支气管炎、感冒咳嗽、高血压病、便秘、消化不良等。

　　梨有清热、镇静等功效。对高血压、心脏病人的头晕目眩、心悸耳鸣,食梨大有益处。高血压病人出现心胸烦闷、口渴便秘、头目昏晕等症,心脏病人出现心悸怔忡、失眠多梦等症状,梨都可作为良好的辅助治疗果品。此外,对高血脂、高胆固醇、动脉硬化亦有很好的食疗作用。

　　用梨汁洗面,可以使皮肤健美。

梨含有丰富的碳水化合物及多种维生素,肝炎、肝硬化患者吃梨大有益处。肝病患者吃梨能起到保肝、帮助消化、促进食欲的作用,是肝炎患者辅助治疗的食品。

由于通便的作用,梨间接起到预防结肠癌和直肠癌的作用。

梨汁含有氯原酸,可以预防许多肾和肝的疾病,能使毛细血管壁的穿透力保持正常。在肠功能紊乱时梨汁可帮助它恢复正常。

梨除了可供生食外,尚可加工成梨干、梨脯、梨酱、梨膏、梨汁、梨罐头,也可酿成梨酒、梨醋。此外,梨子也可煮蒸食用,或加冰糖炖食。梨也可作为配料,制成多种菜肴。

梨子性寒,过食则助湿伤脾。因此,胃寒、脾虚泄泻及肺寒咳嗽者忌食,外伤、产后、小儿、痘后均不宜多食。

鸭梨萝卜膏

【原料】鸭梨1 000克,白萝卜1 000克,炼乳250克,生姜250克,蜂蜜250克。

【制作】将鸭梨洗净去核,白萝卜和生姜洗净,先将鸭梨、白萝卜、生姜分别用纱布绞取汁液。再将梨汁、萝卜汁放入锅中,用旺火煮沸后转用小火煎熬,浓缩如膏状时加入生姜汁、炼乳、蜂蜜,搅匀,继续加热至沸,离火,用冷瓷瓶收贮备用。

【功用】养颜健肤,滋阴清热,润肺止咳。

雪梨膏

【原料】雪梨500克,百合250克,冰糖250克。

【制作】将梨洗净,去皮除核,切碎。百合洗净,浸泡后捞出沥干,切碎。将梨和百合放入盆中,加入冰糖,隔水炖至膏状即成。

【功用】养颜健肤,清热润肺,止咳化痰。

竹沥梨膏 ❧

【原料】鲜梨 100 个,鲜竹叶 100 片,鲜芦根 30 根(每根长 6 厘米),橘红 10 克,荸荠 50 个,竹沥 30 克。

【制作】将鲜梨取汁,鲜竹叶煎汁,鲜芦根取汁,橘红煎汁,荸荠取汁,加竹沥慢火浓缩,混合即成。

【功用】养颜健肤,养阴生津,润肺止咳。

止咳梨膏糖 ❧

【原料】鸭梨 100 克,茯苓 30 克,制半夏 30 克,川贝母 30 克,杏仁 30 克,前胡 30 克,百部 50 克,款冬花 20 克,生甘草 10 克,白糖 700 克。

【制作】将鸭梨切碎,与其他药料一起加水煎煮。每 20 分钟取煎液 1 次。加水再煎,共取 4 次。合并煎液,再以小火煎煮浓缩,至煎煮液较稠厚时,加白糖 500 克,调匀,继续煎熬至用勺挑起即成丝状而不粘手时停火,趁热将糖倒在表面涂过油的大搪瓷盘中,待稍冷,将其分割成条,再分割成约 100 块,外撒白糖粉即成。

【功用】养颜健肤,清热润燥,止咳平喘。

鸭梨冰淇淋 ❧

【原料】鸭梨 500 克,牛乳 500 克,白糖 150 克,鸡蛋 1 个,奶油 100 克,香精 1 滴。

【制作】将梨洗净,去皮和核,切碎,搅成泥。将牛乳煮开,加入鸡蛋和白糖搅拌均匀,加入梨泥和香精,放入容器内,冷却后放入冰淇淋机内,置冰箱内冷冻。

【功用】养颜健肤,润肺清热。

糖汁梨饼 ❧

【原料】冬果梨 750 克,白糖 50 克,面粉 50 克,鸡蛋 1 个,湿淀粉 20 克,水发银耳 50 克,植物油 250 克(实耗约 50 克)。

【制作】将冬果梨去皮、核,切成细丝放碗中。另取一碗,打入鸡蛋,加面粉调成糊,拌入梨丝,抓匀,再逐个制成直径 4 厘米、厚 1 厘米的饼。炒锅置火上,加油烧至六成热,逐个下入梨饼,炸至橘黄色后捞出,然后整齐地摆到蒸碗里,置笼上蒸 20 分钟,取出,翻扣到盘中。锅内加水,加白糖烧开,用湿淀粉勾稀芡,投入银耳略煮出锅,浇在梨饼上即成。

【功用】养颜健肤,滋阴润肺。

川贝糯米梨 ❧

【原料】鸭梨 2 个约 300 克,川贝母 6 克,糯米 100 克,植物油

10 克,白糖 50 克,桂花卤 3 克,湿淀粉适量。

【制作】将川贝母研成细米状,鸭梨削皮去核,将川贝母装入梨内,放入碗中。糯米入碗中,加清水置笼上蒸烂。取下后加入白糖、桂花卤和植物油拌匀。将拌好的糯米饭放入盛梨的碗内,用油纸封住碗口,上笼蒸 1 小时,取下扣入盘中。锅中放入清水,加入白糖 100 克,汤开后用湿淀粉勾稀芡,浇在糯米梨上即成。

【功用】养颜健肤,清热化痰,润肺止咳。

蜜汁鸭梨

【原料】鸭梨 750 克,蜂蜜 100 克,白糖 50 克,湿淀粉适量。

【制作】将鸭梨洗净削皮,切成两半,去梨核,再切成滚刀块,放入碗内,入笼蒸 5 分钟左右,倒入盘中。炒锅置火上,倒入少许清水,加入蜂蜜、白糖烧沸,用湿淀粉勾芡,起锅后浇在梨上即成。

【功用】养颜健肤,滋阴清热,润肺止咳。

黄瓜拌梨丝

【原料】大鸭梨 280 克,白糖 30 克,嫩黄瓜 250 克。

【制作】将鸭梨洗净,削皮剔核,切成丝。黄瓜洗净,削去皮,切成长段,再顺长切成片,最后切成丝。将梨丝、黄瓜丝装盘,撒入白糖,调拌均匀即成。

【功用】养颜健肤,清热润燥,除烦止渴。

苹　果

　　苹果为蔷薇科苹果属植物苹果树的果实,又名柰、频婆、柰子、平波、超凡子、天然子等。苹果原产欧洲和我国新疆,我国种植苹果的历史已有 3 000 余年,主要产区分布在山东、辽宁、河北、陕西、河南、山西、甘肃、新疆、内蒙古、湖北、江苏、安徽、北京和天津等地。苹果是我国温带地区的一种主要果品,全世界有苹果品种10 000 多个,其中有经济价值的只有 100 多个,经常栽培的仅 20余种。

　　苹果为世界四大水果之一,有"幸福果"的美称,它营养丰富,每 100 克可食部分中含有水分 85.9 克、蛋白质 0.3 克、脂肪 0.3克、膳食纤维 0.8 克、碳水化合物 12.5 克、钙 15 毫克、磷 7 毫克、铁 0.3 毫克、锌 0.06 毫克,还含有胡萝卜素 0.6 毫克、维生素 B_1 0.01 毫克、维生素 B_2 0.02 毫克、尼克酸 0.1 毫克、维生素 C 4 毫克,以及苹果酸、奎宁酸、酒石酸、芳香醇、鞣酸、果胶等。苹果含丰富的果胶,有助调节肠的蠕动,而它所含的纤维质可帮助清除体内垃圾,从而助你排毒养颜。苹果中的维生素 C 可帮助消除皮肤雀斑、黑斑,保持皮肤细嫩红润。美国专家谢夫利·布林堡说,黄酮类能加强维生素的抗氧化效力,黄酮类抗氧化剂可以防止皱纹,用一块生苹果擦皮肤有助去除老人斑,缓解皮肤的干燥。用生苹果擦面部,每日 1 次,3 个月为一个疗程,以后可每周做 1~2 次,能美容润肤,去皱亮丽。

苹果性平,味甘酸,具有补心益气、增强记忆、生津止渴、止泻润肺、健胃和脾、除烦、解暑、醒酒等功效。适用于便秘、贫血、失眠、高血压病、高脂血症、慢性支气管炎、胃炎等。

苹果含有15%的碳水化合物及果胶、维生素 A、维生素 C、维生素 E,钾和抗氧化剂等含量亦很丰富。苹果所含的多酚及黄酮类物质对预防心脑血管疾病尤为重要。苹果的可溶性纤维——果胶可有效的降低胆固醇。

苹果酸能降低胆固醇,具有对抗动脉硬化的作用。冠心病人应多吃苹果。

苹果也是防治高血压病的理想食品。高血压病的发生,往往与人体内钠盐的积累有关,人体摄取过量的钠,是脑卒中和高血压病的主要成因,而苹果含有大量的钾盐,可将人体血液中的钠盐置换出来,有利于降低血压。此外,严重水肿的病人,在服利尿药的同时,多吃些苹果也有利于补充钾,增强疗效。

孕妇在出现妊娠反应时宜适量吃些苹果,一则可以补充维生素等营养物质,再则可以调节水盐平衡,防止妊娠呕吐所致的酸中毒症状。

用苹果汁治疗缺锌比用其他锌制剂更易被消化吸收。苹果对缺锌儿童有良好疗效,儿童常食可增加记忆力,故称苹果为"记忆之果"。

前列腺中含有一定量的抗菌因子,其主要成分是锌,抗菌作用与青霉素相似。人在患慢性前列腺炎时,锌含量明显降低,并难以提高。与常用含锌药物相比,苹果汁比含锌高的药物更具有疗效,且具有安全、易消化吸收、易为患者接受的特点。

苹果含有丰富的鞣酸、苹果酸、有机酸、果胶和纤维素,有整肠收敛的作用。其中的果胶和纤维素又有吸收细菌和毒素的作用,

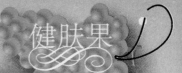

因此,食用苹果能治疗婴儿的轻度腹泻。

苹果的纤维素能使大便松软,便于排泄,有机酸也有刺激肠蠕动的作用,因此食用苹果能促进通便。但是,由于苹果中含有果胶,多食可止泻,但经常过多食用则会引起便秘。

常吃苹果或常饮苹果汁能增加血色素,使皮肤变得细白红嫩,维护皮肤健美。因此,对于贫血患者来说,食用苹果可以起到一定的辅助治疗作用。

每周食用5个或5个以上苹果可改善呼吸系统和肺功能。苹果含有大量的槲皮苷和黄酮类抗氧化剂,可保护肺免受污染和烟的影响。

常吃苹果能预防癌症。苹果除了果胶纤维与维生素这些传统的营养之外,还含有大量的抗氧化物,这些抗氧化物可能多达数百种。

果胶及含果胶的食物(苹果、香蕉)能促进胃肠道中的铅、汞、锰及铍的排放。不管是在接触铅之前还是在接触铅之中,食用苹果均能起到防止铅中毒的作用。

苹果除鲜食外,还可加工成果脯、果干、果酱、果汁、罐头、苹果酒、菜肴、点心、粥羹等。

苹果中含糖较多,食后应注意清洁牙齿,以免出现龋齿。吃苹果最好去皮,因为苹果病虫害的防治主要依靠化学农药,果皮中的农药残留量较高。

苹果膏

【原料】 苹果1 000克,蜂蜜500克。

【制作】将苹果洗净,去皮、核,切碎。将苹果放入盆内,加入蜂蜜,放入水锅内,隔水炖烂,取出过凉即成。

【功用】养颜健肤,润肺止咳,养胃生津。

苹果酱

【原料】鲜苹果 500 克,白糖 500 克。

【制作】先选取成熟的苹果(果肉松软易煮烂)洗净,去皮、果梗及果核,挖掉伤烂处,在砧板上剁碎,放入干净锅中,加水没过苹果。用旺火烧开,每 500 克苹果加入 500 克砂糖,转用小火,随时搅拌,到果肉全部软化成泥后,再煮到浓稠状,停火,即呈金黄色酱。将果酱盛入洗净的大口玻璃瓶内,放背光处封存,食用时用无油、无水滴的勺盛果酱,以免果酱变质。

【功用】养颜健肤,健脑美容,醒脾开胃。

酿苹果

【原料】苹果 5 个,糯米 50 克,玉米 25 克,红枣肉、核桃仁、橘饼、青梅、冬瓜条、桂圆肉、瓜仁各 150 克,白糖 200 克,桂花酱 2克,麻油 5 克。

【制作】将苹果洗净去皮,按苹果的高度用小刀在有柄的一头切下 1/5 作盖,再用小刀将苹果核挖出成罐形,待用。糯米、玉米洗净放入碗内,加清水 100 克置笼上蒸熟,红枣肉、核桃仁、橘饼、青梅、冬瓜条、桂圆肉均切成 1 厘米见方的丁。将苹果用开水稍烫一下,控干水分,红枣肉、核桃仁、橘饼、青梅、冬瓜条、桂圆肉均用沸水焯过,沥干水分,放入碗内,加入蒸熟的糯米、玉米、瓜子仁、麻油、白糖150克、桂花酱搅匀,平均分成五份装入苹果内,盖上盖,放入盘内,入笼蒸熟后取出,汤锅内加清水、剩余白糖烧沸后,浇在苹果上即成。

【功用】 养颜健肤,益气养心,益智润肺。

焦熘苹果 ✿

【原料】 苹果500克,熟芝麻25克,青红丝15克,白糖50克,鸡蛋清2个,湿淀粉、植物油各适量。

【制作】 将苹果洗净,削皮去核,切成瓣状(每个苹果切成8瓣),放入盆中。将鸡蛋清打入碗内,加入湿淀粉,搅成蛋糊。炒锅置火上,放油烧热,倒入挂好蛋糊的苹果瓣,炸至金黄色,用漏勺捞出,沥去油。将原锅留底油置火上,放入清水煮沸,用湿淀粉勾芡。将炸好的苹果瓣倒入锅中,翻炒几下,撒入芝麻、青红丝,出锅盛入盘内即成。

【功用】 养颜健肤,养胃生津,滋补润肺。

琉璃苹果 ✿

【原料】 苹果500克,白糖50克,鸡蛋黄1个,湿淀粉200克,植物油350克(实耗约40克),青红丝、芝麻各适量。

【制作】 将苹果洗净,削皮挖核,切成块。鸡蛋黄放入碗中,加淀粉搅成糊。炒锅置火上,放油烧热,下入挂上糊的苹果块,炸至金黄色取出。锅留底油,放入白糖,小火熬至起泡,下入炸好的苹果,撒上青红丝、芝麻,使糖汁均匀裹在苹果上,倒在抹过油的盘子里,用筷子逐块拨开,晾凉即成。

【功用】养颜健肤,养胃生津,滋补润肺。

糖汁苹果

【原料】大苹果 12 个,红枣 500 克,冰糖 100 克,白糖 100 克,糖玫瑰、湿淀粉各适量。

【制作】将苹果两端切去,并在上端雕成花纹,下端挖去核,然后削去外皮,用清水洗净。将红枣洗净,放入碗内,加入清水,装盘入笼,蒸 20 分钟,取出去皮,剔去枣核。将红枣肉塞入苹果内,入笼蒸熟后取出,分别放入 12 个碗中,再放入白糖。炒锅置火上,放入清水,下冰糖、糖玫瑰煮至溶化,收浓汁液,用湿淀粉勾芡,分开浇在苹果上即成。

【功用】养颜健肤,补脾益胃,润泽肌肤。

莲枣酿苹果

【原料】苹果 2 个,莲子 20 克,红枣 8 枚,白糖 50 克,山楂糕、青红丝、蜂蜜、淀粉各适量。

【制作】将莲子浸泡去莲心,红枣洗净去核,再将苹果洗净削皮,从蒂处挖出核和肉,装入莲子、红枣、山楂糕等配料,上笼蒸熟,

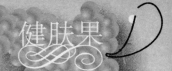

取出。炒锅置火上,放入清水、白糖、蜂蜜熬化,用湿淀粉勾稀芡,浇在苹果上,撒上青红丝即成。

【功用】养颜健肤,健脾润肺。

葡萄干酿苹果

【原料】大个苹果 8 个,葡萄干 30 克,青梅 20 克,蜜枣 20 克,柿饼 20 克,核桃仁 20 克,山楂糕 20 克,白糖 100 克,糖桂花、湿淀粉各适量。

【制作】将苹果洗净,用尖刀在果蒂处旋下蒂把做盖用,挖去果核。将葡萄干、青梅、蜜枣、柿饼、核桃仁均切成细丁,与山楂糕泥拌匀作馅,分别装入苹果内,盖上果蒂盖,置笼上用旺火蒸透取出,放入盘中,去果蒂盖。炒锅置火上,放入清水、白糖、糖桂花,煮沸,用湿淀粉勾芡,浇在苹果上即成。

【功用】养颜健肤,补益气血,健脾开胃。

山楂糕熘苹果

【原料】苹果 250 克,山楂糕 50 克,白糖 50 克,青红丝、桂花、湿淀粉各适量。

【制作】将苹果洗净去皮,切成两半,去果核切成丁。山楂糕切丁。炒锅置火上,下入白糖,用湿淀粉勾芡,再放入苹果丁、山楂糕丁翻几下,出锅装盘,撒上桂花、青红丝即成。

【功用】养颜健肤,补益脾胃,润肺生津。

苹果藕粉 ❧

【原料】苹果 300 克,藕粉 200 克,清水 800 克。

【制作】将藕粉加水调匀。苹果洗净后去皮、核,切成极细的末待用。将藕粉入锅,小火慢煮,边熬边搅,直熬至透明为止,最后加入苹果末,稍煮即成。

【功用】养颜健肤,滋补强身。

枣泥苹果 ❧

【原料】苹果 10 只(重约 1 000 克),枣泥 40 克,植物油 250 克(实耗约 50 克),白糖 100 克,糖桂花卤 5 克,湿淀粉 20 克。

【制作】将苹果洗净去皮,在近果梗处横切下,用小刀挖去果核,填入枣泥,盖上苹果盖。炒锅置火上,放油烧至七成热,将苹果放入漏勺中,用热油烫苹果,烫后控油,放盘内置笼上蒸 20 分钟左右,取出。炒锅置火上,加适量清水、白糖烧沸,用湿淀粉勾芡,加入桂花卤,起锅后浇在苹果上即成。

【功用】健脾益智,美容护肤。

苹果煎饼卷 ❧

【原料】苹果 500 克,面粉 200 克,鸡蛋 1 个,牛乳 150 克,白糖 120 克,糖粉 50 克,植物油 50 克。

【制作】将面粉放盆内，加牛乳、鸡蛋液、白糖20克及清水，调成适于摊煎饼的面糊。将直径20厘米的煎盘置火上，盘上抹一层植物油，置火上烧热，加入面糊，手握盘柄转动，使面糊均匀流动成型，摊成薄煎饼，扣在木板上晾凉。将苹果洗净去皮、核，切成小片，放入锅内，加入白糖，置火上炒熟，离火晾凉，将苹果馅放在煎饼上，顺长摊成一条，卷成20厘米长的卷，再用刀从中间切成两段。将煎盘上火，放油烧热，将苹果卷放入煎盘内，煎成金黄色，趁热放入盘内，撒上糖粉，即可食用。

【功用】养颜健肤，补心益气，生津止渴。

苹果沙丁鱼

【原料】苹果250克，沙丁鱼250克，黄酒、葡萄酒、精盐、味精、葱花、生姜丝、湿淀粉、红糖、五香粉、麻油各适量。

【制作】将沙丁鱼洗净，去鳃及内脏，用清水冲过，切成小段。苹果洗净去皮、核后切成片。炒锅置火上，放油烧热，放入葱花、生姜丝煸香，放入沙丁鱼块后用急火煸炒，加入黄酒、葡萄酒、红糖和清水适量，加入苹果片，用旺火烧开，再用小火炖煮30分钟，待沙丁鱼熟烂后，加入精盐、味精、五香粉，用湿淀粉勾芡，淋上麻油即成。

【功用】养颜健肤，健脑强身，延年益寿。

苹果烤猪肉

【原料】苹果500克，猪腿肉500克，土豆泥500克，植物油

50克,洋葱、面粉、精盐、胡椒粉、鲜汤各适量。

【制作】将猪腿肉洗净切成片,拍成薄片,使肉质松匀,放入烤盘中,撒上精盐、胡椒粉,用筷子拌匀。炒锅置火上,放油烧热,将肉片粘匀面粉,投入油中,煎成两面金黄,出锅后放入盘中。苹果洗净后去皮、核,切成片。将一半苹果片放入烤盘里,再在苹果片上摆上猪肉片,将剩下的一半苹果片撒在猪肉片上。洋葱洗净切丝。炒锅置火上,放油烧热,投入洋葱丝,炒至呈金黄色,加入鲜汤、精盐,用手勺搅拌几下,浇入烤盘内。烤盘放入烤炉,将肉烤至熟软取出,配上土豆泥即成。

【功用】养颜健肤,补精滋阴,养血润燥。

苹果炒肉片

【原料】苹果100克,瘦猪肉200克,精盐、葱、生姜末、味精、白糖、酱油、麻油、植物油、湿淀粉各适量。

【制作】将苹果洗净,去皮除核,切成片。猪肉洗净切薄片。炒锅置火上,放油烧热,下猪肉片炒散,加入葱、生姜、苹果片、酱油、白糖、精盐、味精翻炒,用湿淀粉勾芡,淋上麻油,起锅装盘即成。

【功用】养颜健肤,补精滋阴,养血润燥。

草 莓

草莓为蔷薇科多年生草本植物,又名洋莓果、凤梨草莓等。早在 14 世纪,南美洲人最先开始栽培草莓。草莓的栽培品种约有 2 000 多个。草莓的果实是膨大了的花托形成的浆果,鲜美红嫩,柔软多汁,酸甜可口,令人喜爱,实是水果淡季中的佳品。草莓以果个大,果面洁净,无虫咬,无腐烂斑块,无碰伤,果肉硬,色淡红,阴面绿色减退,呈乳白色,香味浓,甜酸适口者为好。色浓红,果肉发软萎缩,为采收后存放过久者,易腐烂,不能久放。草莓鲜嫩易腐,应轻拿轻放,避免相互挤压。

草莓果实鲜红艳丽,柔嫩多汁,酸甜宜人,果香浓郁,有"水果皇后"的美称,它营养丰富,每 100 克可食部分中含有水分 91.3 克、蛋白质 1 克、脂肪 0.2 克、膳食纤维 1.1 克、碳水化合物 6 克、钙 18 毫克、磷 27 毫克、铁 1.8 毫克、锌 0.14 毫克,还含有胡萝卜素 30 微克、维生素 B_1 0.02 毫克、维生素 B_2 0.03 毫克、尼克酸 0.3 毫克、维生素 C 47 毫克等营养物质。女性常吃草莓,对头发、皮肤均有保健作用。草莓还可以减肥,因为它含有一种叫天冬氨酸的物质,可以自然而平缓地除去体内的废物。草莓含有大量的维生素 C,4 个草莓即可提供一日所需的维生素 C 摄取量。草莓不仅能有效地预防感冒,而且对防治皮肤黑色素沉着、痣和雀斑有效。牙龈出血者,常吃草莓可健全牙龈,预防牙周脓疡。草莓汁与牛奶混合后涂于皮肤能清除油腻使皮肤洁白。吸烟能破坏维生素 C,

因此吸烟者宜常吃草莓。

草莓性凉,味甘酸,具有润肺生津、清热凉血、健脾解酒等功效。适用于便秘、痔疮、贫血、高血压病、高脂血症、冠心病、脑卒中、牙龈炎、厌食症、胃炎、胃酸缺乏症等。

草莓中的营养物质易为人体吸收,是老幼病弱皆宜的滋补果品。草莓对肠胃和贫血等病具有一定的滋补调理作用。草莓除了可以预防坏血病外,对防治动脉硬化、冠心病、脑溢血等病均有较好的功效。草莓中的维生素及果胶对改善便秘和治疗痔疮、高血压病、高胆固醇等均有一定效果。草莓中含有一种胺类物质,对治疗白血病、再生障碍性贫血等血液病亦有辅助治疗作用。草莓是鞣花酸含量最丰富的植物,鞣花酸在人体内可阻止致癌化学物质的作用,保护人体免受癌症的侵袭。

草莓除可生食外,还可被加工成果汁、果酱、果酒、果冻、罐头。家庭种植草莓者,还可将鲜果去杂洗净,每 500 克加 250 克白糖,在锅内加热消毒后,装瓶密封贮存。

泌尿系结石者不宜多吃草莓。

奶油草莓

【原料】鲜草莓 250 克,白糖 50 克,奶油、香草各适量。

【制作】将草莓洗净,用淡盐水或水果清洗液浸泡消毒后,再用清水漂洗干净,加入白糖拌匀,装入盘内。将奶油、香草、白糖放在一起打匀,挤在草莓上即成。

【功用】养颜健肤,滋补养血,生津润燥。

冰糖炖草莓 ❧❧❧❧

【原料】鲜草莓100克,冰糖30克。

【制作】将草莓去柄,用淡精盐水洗净,放入碗内,加入冰糖及清水。炒锅置火上,放入清水,再将装有草莓的碗放入,隔水炖约20分钟即成。

【功用】养颜健肤,润肺止咳,生津止渴。

草莓酸酪 ❧❧❧❧

【原料】草莓75克,苹果1/2个,蜂蜜100克,酸乳酪适量。

【制作】将草莓洗净,同苹果一起榨汁,然后放入蜂蜜充分搅匀,再加入酸乳酪,搅拌均匀即成。

【功用】养颜健肤,帮助吸收,促进食欲。

草莓酱冻 ❧❧❧❧

【原料】草莓酱250克,橙子汁25克,柠檬汁25克。

【制作】先取碗1只,放入草莓酱、橙子汁搅匀,然后放入柠檬汁和适量凉开水,混匀,置冰箱中冷冻。

【功用】养颜健肤,生津开胃。

草莓果酱 ∾∾∾

【原料】草莓 1 000 克,白糖适量。

【制作】将草莓去杂洗净,用淡精盐水浸泡一会儿,捞出沥干,放入盆中捣烂。炒锅置火上,放入清水、草莓,用小火熬煮,并不停地用筷子搅动,至汤汁变稠时,加入白糖,再熬煮 10 分钟后,起锅过凉,装入瓶内即成。

【功用】养颜健肤,生津止渴,开胃健脾,醒酒解酒。

草莓冰棍 ∾∾∾

【原料】草莓酱 500 克,橘子汁 250 克,白糖 50 克,淀粉适量。

【制作】将炒锅置火上,放入清水、草莓酱、橘子汁、白糖、淀粉边煮边搅,至煮沸后离火,晾凉后,放入模具内,置冰箱中冷冻即成。

【功用】养颜健肤,祛火解渴。

草莓酱炒鸡蛋 ∾∾∾

【原料】草莓酱 100 克,鸡蛋、牛乳、精盐、植物油各适量。

【制作】将鸡蛋打入盆中,加入牛乳、精盐,用筷子抽成糊状。炒锅置火上,放油烧热,倒入蛋糊,改用小火,将蛋糊摊成圆饼,待蛋糊将要全部凝结时,再将草莓放在中间,然后将两端叠起,裹成

椭圆状,翻过面,至光面呈金黄色时即成。

【功用】养颜健肤,滋补养血,滋阴润肺。

草莓葡萄酒

【原料】草莓 250 克,红葡萄酒 200 克,白葡萄酒 200 克,白糖 50 克。

【制作】将草莓洗净,放入容器内,加入白糖腌 2 小时。将红、白葡萄酒倒入容器内,搅匀,密封 7 日后即成。

【功用】养颜健肤,祛暑解毒,醒脾开胃。

桃　子

　　桃子为蔷薇科小乔木植物桃树的果实,又名桃实,桃原产我国,河南殷商文化遗址中发现有桃核。因其品种不同可分为蟠桃、水蜜桃、甜桃、毛桃、蜜桃、脆肉桃、油桃,其中,以蜜桃和水蜜桃的风味品质最好。蜜桃,果肉柔软多汁,果顶有突尖,如肥城桃、深州蜜桃。水蜜桃,果肉较蜜桃更加柔软多汁,而且果顶无明显突尖,如大久保、雨花露、上海水蜜。脆肉桃,果肉硬脆致密,汁液较少,如五月鲜、六月白。蟠桃,果肉柔软多汁与水蜜桃相似,但果形扁平,如撒花红蟠桃、太仓蟠桃。油桃,果肉洁净无绒毛,果肉硬脆致密,但果个小、味酸,如曙光、早红珠。选购时除了要注意桃的品种和产地外,还要注意桃子是否成熟。未成熟的桃颜色发绿,缺乏光彩;而成熟的桃绿色消失,果面底色发白、发黄,这可以从果梗部位观察。而且,成熟的桃色泽鲜艳。桃子不耐贮藏,买回后需在几天内吃完,此时风味品质最好。放置过长,水蜜桃等容易软腐,而脆肉桃等果肉粉质化、变面。买回来的桃放置时,尽可能避免挤压或碰撞,而且盛放的容器应能通风散热,并且随时注意剔除烂桃。

　　桃子的营养丰富,每 100 克可食部分中含有水分 86.4 克、蛋白质 0.9 克、脂肪 0.1 克、膳食纤维 1.3 克、碳水化合物 10.9 克、钙 6 毫克、磷 20 毫克、铁 0.8 毫克、锌 0.34 毫克,还含有维生素 B_1 0.01 毫克、维生素 B_2 0.04 毫克、尼克酸 0.7 毫克、维生素 C 7 毫克、挥发油、苹果酸、柠檬酸等营养成分。桃子含铁较多,是贫血患者的食疗佳品,有助于红颜美白。

桃子性微温,味甘酸,具有生津润肠、活血消积等功效。适用于肠燥便秘、淤血肿块、肝脾肿大等症的辅助治疗。

桃子可鲜食,也可加工制成罐头、桃干、桃脯、桃酱、果酒、果汁等。桃仁可用于甜点、甜菜的配料。

桃子性微温,多食令人腹胀,生痈疖,凡内热有疮、面部痤疮之人宜少食。

蜜汁桃

【原料】鲜桃750克,山楂糕50克,白糖30克,蜂蜜、糖桂花各适量。

【制作】将鲜桃洗净,削去皮,剔去核,切成块状,放入清水中泡几分钟后,捞出放入碗内。山楂糕切成丁状。在装桃肉的碗内加入白糖,然后装入笼,用旺火蒸约15分钟后,取出滗去汁(汁备用),将桃肉扣入盘中。炒锅置火上,加入清水、白糖,用小火慢炖,至糖水稍浓时,下入糖桂花、蜂蜜,用手勺搅匀,再用小火慢炖,待糖汁黏稠后,速出锅,倒在桃肉上,撒上山楂糕丁即成。

【功用】养颜健肤,养胃生津,滋补润肺,活血通经。

冰淇淋桃

【原料】鲜桃150克,白糖30克,冰淇淋适量。

【制作】将鲜桃去皮和核,切成小块。炒锅置火上,放水加糖,待沸后加入桃,再开后离火,晾凉后放入冰箱内冷冻。取出桃,放入冰淇淋即成。

【功用】养颜健肤,清热止咳。

冻蜜桃 ❧

【原料】蜜桃1000克,琼脂1克,玫瑰花0.5克,松子仁5克,白糖200克。

【制作】将桃子削去皮,剖成两片洗净。将玫瑰花切碎。将琼脂切成3段。汤锅置火上,放清水1000克,将挑子投入煮熟,捞起冷却,去挑核。汤锅再置火上,放清水500克,下琼脂溶化,加入白糖、桃片,煮至糖汁起黏时离火。取扣碗1只,放入松子仁,再将锅内桃片检出排列在碗内一周。原汤锅置火上,烧沸,撇去汤面浮沫,加入玫瑰花,起锅后倒入扣碗内凉却。放入冰箱内冻结后,取出覆入盘中即成。

【功用】养颜健肤,清暑解热,生津润肠。

冰糖蜜桃 ❧

【原料】水蜜桃2个,冰糖50克。

【制作】将水蜜桃去皮、核,取其肉放入碗内,加入冰糖,隔水略炖即成。

【功用】养颜健肤,润肺止咳,生津止渴。

冰桃

【原料】鲜桃10个,白糖200克,山楂糕5克,青梅5克,湿淀粉适量。

【制作】将桃洗净,放开水中稍煮,捞出剥皮(也可用刀削皮)。由桃中央至果柄部划一刀口,深至桃核,去除桃核。然后桃面向下摆入蒸碗,上撒100克白糖,上盖净纸一张,蒸至糖化后取出。滗出碗中原汁,翻扣在汤盘里,放冰箱中冷却。山楂糕、青梅均切成小菱形片。炒锅置火上,加清水200克,再加原汁汤、白糖煮开,用湿淀粉勾芡,盛出晾凉。吃时,先将山楂糕、青梅菱形片摆在桃上,浇入糖水汁即成。

【功用】养颜健肤,养阴生津,促进食欲。

薄荷鲜桃

【原料】鲜桃500克,冰糖100克,金糕5克,薄荷5克。

【制作】将鲜桃洗净去皮,从中间竖着切开去核,切成1厘米厚的半圆块。放在瓷杯内。薄荷洗净,放在桃上面。金糕切成小斜象眼片。冰糖用350克开水化开,过箩后倒入盛鲜桃的瓷杯内,取洁净细白布一块,蒙在杯口上面。置笼上蒸约40分钟,待桃已蒸熟,薄荷味已浸入桃内时取出,撇去薄荷包和白布,盖上杯盖,放在冰箱内冰一下,吃时将薄荷鲜桃倒在汤盘中,撒上金糕片即成。

【功用】养颜健肤,辛凉解表,生津开胃。

水蜜桃脯 ❧

【原料】水蜜桃 750 克,樱桃、湿淀粉、白糖、白醋各适量。

【制作】将水蜜桃洗净,削去皮,剖成 4 瓣,剔去核,放入锅中,然后加入清水、白醋稍焯一下,捞出待用。炒锅置火上,加入清水,放入白糖,用旺火烧开,再放入桃脯,略煮后用漏勺捞出,放入碗内,用保鲜膜封好,装入笼,蒸熟后取出,扣入盘内。将樱桃围放在桃脯周围。锅内的糖水加入清水烧开,再用湿淀粉勾芡。浇在桃脯上即成。

【功用】养颜健肤,润肺止咳,健胃消食。

水晶桃 ❧

【原料】肥大鲜桃 500 克,白糖 50 克,琼脂、香蕉精、京糕、植物油各适量。

【制作】将鲜桃洗净去皮、核,切成橘瓣块,放入碗内,加白糖置笼上蒸约 30 分钟后取出。京糕切成细丁。炒锅置火上,放入清水、白糖煮沸,撇去浮沫,加入植物油、香蕉精、琼脂,用手勺不停搅动,熬成浓汁,起锅倒入盛有桃子的碗内,再将碗放入冰箱冰镇凝固后取出,扣入盘中,撒上京糕即成。

【功用】养颜健肤,解热生津,润肺止咳。

雪塌桃脯 ❧

【原料】鲜桃 750 克,鸡蛋清 3 个,冰糖 200 克。

【制作】将鲜桃洗净，去皮、核，切瓣，放入盆中，加清水浸泡3分钟后捞出，放入开水锅中稍焯，捞出后放入大碗内，然后加入冰糖100克，置笼上蒸熟取出，扣入盘内。用筷子将鸡蛋清抽打成蛋泡，放在开水锅内烫成蛋花。锅置火上，加入清水、冰糖100克熬化，收成浓汁，起锅浇在桃上，再盖上雪花蛋即成。

【功用】养颜健肤，养胃生津，润肺止咳。

中式冻桃

【原料】鲜桃500克，白糖100克，玫瑰花、熟莲子肉、琼脂、熟松子仁各适量。

【制作】将鲜桃去皮，切成两半，去除桃核。琼脂洗净。松子、莲子摆在大碗内周边。炒锅置火上，加入清水、桃子，煮熟后取出，放入摆有松子、莲子的碗内。炒锅置火上，留下煮桃子的汤汁，加入琼脂、白糖、玫瑰花，煮至糖汁稠浓时，起锅倒入盛桃子的碗内，放入冰箱冰冻后取出，扣入盘中即成。

【功用】养颜健肤，清热生津，润肺止咳，润肠通便。

西式冻挑

【原料】鲜桃10个，甜杏仁10克，酸牛奶1杯，白糖25克，柠檬汁适量。

【制作】将鲜桃洗净，去皮去核，切成细丁。将桃子、酸牛奶、白糖、柠檬汁、甜杏仁一同放入盆内,搅拌均匀后,再倒入搪瓷盘内,入冰箱冷冻后即成。

【功用】养颜健肤,养胃生津,滋养润燥。

香蕉拌桃子

【原料】鲜桃子3个,香蕉2根,无核葡萄20克,柠檬汁5克,白糖5克,葡萄酒10克。

【制作】将鲜桃洗净去皮,除核切片。香蕉去皮切片。葡萄洗净。将柠檬汁、白糖、葡萄酒放入碗内搅拌,至糖溶化后,放入桃片、香蕉片及葡萄,慢慢翻匀即成。

【功用】养颜健肤,养胃生津,润肺滑肠,益气养血。

炸桃片

【原料】桃子750克,鸡蛋清3个,鸡蛋黄2个,植物油300克(实耗约40克),面粉、香草粉、白糖、糖粉、牛乳各适量。

【制作】将桃子洗净,去皮、核,片成片状,放入碗内,加入白糖稍腌。牛乳、鸡蛋黄、面粉、香草粉、白糖一起放入盆中,再加入清水,搅匀呈稠糊状。将鸡蛋清打入碗内,抽打成泡沫状,再放入牛乳糊内,搅拌均匀。炒锅置火上,放油烧热,将桃片挂匀牛乳糊后放入油锅内,炸至熟透呈金黄色时捞出,装盘,趁热撒上糖粉即成。

【功用】养颜健肤,养胃生津,滋阴润燥。

鲜桃鸡球

【原料】鲜蜜桃 250 克,鸡脯肉 300 克,鸡蛋清 1 个,植物油 500 克(实耗约 40 克),精盐、味精、黄酒、白糖、生姜汁、胡椒粉、湿淀粉、白兰地酒、鸡汤各适量。

【制作】将蜜桃洗净,去皮去核,切成菱形块状,放入碗中。将鸡脯肉洗净,去筋膜,切成片(约 1 厘米厚),再在肉片上剖上十字形花刀口,然后切成约 1 厘米见方的丁,放入小盆内。在装鸡丁的小盆内加入黄酒、胡椒粉、鸡蛋清、精盐、白兰地酒、湿淀粉,抓拌均匀。炒锅置火上,放油烧热,投入鸡丁划散,至呈球状、色变白时用漏勺捞出,控油后放入碗内。炒锅置火上,留底油烧热,烹入黄酒、生姜汁,投入鸡球,加入精盐、味精、白糖、鸡汤烧沸,再放入蜜桃块,用手铲翻炒,倒入盘内即成。

【功用】养颜健肤,健脾养胃,补益气血。

生桃炒肉片

【原料】鲜桃 1 个,净猪肉 150 克,鸡蛋清 1 个,植物油 250 克,湿淀粉、精盐、白糖各适量。

【制作】将鲜桃洗净,去皮、核,切成片。猪肉洗净,切成薄片,放入碗内,打入鸡蛋清,加入湿淀粉,抓拌均匀。炒锅置火上,放油烧热,下入猪肉片,滑至八成熟时倒入漏勺控油。炒锅置火上,放油烧热,下猪肉片翻炒,加入精盐、味精、白糖拌匀,再加入桃肉片,用湿淀粉勾芡,起锅装盘即成。

【功用】养颜健肤,养胃生津,滋阴润燥。

蟠桃鸭

【原料】光鸭 1 只,鲜蟠桃 500 克,鸭脯肉 50 克,猪腿肉 50 克,火腿 15 克,精盐 3 克,酱油 10 克,黄酒 25 克,葱 25 克,生姜 25 克,味精 2 克。

【制作】将鸭子从脊部剖开,去除内脏洗净,放入七成热的油锅中炸一下,捞出放在盆内,加入黄酒、葱、生姜,置笼上蒸至七成烂后取出,拆净骨头(保持鸭状)待用。将鸭脯肉洗净,去皮一切为二,加入精盐,腌制一下后,再加入黄酒、葱、生姜,置笼上蒸熟。将猪腿肉斩细。火腿亦切成细末。将桃子去皮一切两半后,去掉桃核,将斩好的肉末加入精盐、黄酒、拌匀,分成 12 份,每份放入半片桃子内,放入六成热的油锅内拉一下后捞出,放在盆中。将拆好的鸭子皮朝上盖在桃子上,加入酱油、黄酒、白糖、味精,继续置笼上蒸至全烂后取出,将汤汁滗入锅内,收浓后取出,浇在鸭子上,四周围上蒸熟的鸭脯肉即成。

【功用】养颜健肤,滋阴清火,补气生津。

李 子

　　李为蔷薇科植物李的果实,又名嘉庆子、李实、喜庆子等。李树种类很多,原产地各异。产于我国的称为中国李,此外,还有欧洲李、美洲李等。李树在我国各地均有栽培,主要品种有浙江醉李、红美人李、福建芙蓉李、胭脂李、蜜李、辽宁秋李、大红袍李、四川鸡心李、朱砂李等。李子,果面洁净光滑,色彩艳丽,外形与杏相似,但果面较杏光滑明亮。购买李子时要注意果实新鲜,具有本品种的正常色泽,并且带有果粉。李子含水分较多,上市时已临盛夏,易腐烂,不耐贮藏。

　　李子酸中带甜有清香,脆美可口,营养丰富,每 100 克可食部分中含有水分 90 克、蛋白质 0.7 克、脂肪 0.2 克、膳食纤维 0.9 克、碳水化合物 7.8 克、钙 8 毫克、磷 11 毫克、铁 0.6 毫克、锌 0.16 毫克,还含有胡萝卜素 0.15 毫克、维生素 B_1 0.03 毫克、维生素 B_2 0.02 毫克、尼克酸 0.1 毫克、维生素 C 5 毫克,以及天冬素、谷氨酰胺等成分。

　　李子性平味甘酸,具有清肝涤热、生津利水等功效。适用于治疗虚劳骨蒸盗汗、消渴引饮、湿热淤血、肝病腹水等。

　　李子中含抗氧化物质,能养颜润肤,并可预防癌症、心脏病、眼病、糖尿病等。

　　李子除供鲜食外,还可制作蜜饯、李脯、话李、李干、果酒、罐头及粥羹、饮料等食谱。

食用李子应有节制,多食生痰。脾胃虚弱者亦不宜多食。

李子蜜饯

【原料】李子 500 克,白糖 750 克。

【制作】将李子洗净,用牙签将李子扎数个眼。炒锅置火上,放水烧开,下入白糖,煮至白糖稠浓时,浇在李子上,放置 24 小时。第 2 天,将白糖倒出来,煮开,再浇在李子上,放置 24 小时。第 3 天放入锅中,煮成蜜饯即成。

【功用】养颜健肤,清肝生津,增加食欲。

李子鸡脯

【原料】李子 50 克,鸡脯肉 250 克,生肥猪肉 25 克,熟猪肥肉 25 克,面包 100 克,芝麻 25 克,植物油 100 克,鸡蛋 1 个,黄酒 10 克,精盐、味精各适量。

【制作】将鸡脯肉去筋膜,用刀背捶成茸泥。生肥猪肉剁成泥,熟肥猪肉剁成绿豆大小的丁,一起放入碗中,加精盐、鸡蛋清、黄酒、湿淀粉搅拌均匀。再将李子去皮、核,煮熬,拍碎后掺入鸡茸中拌匀。面包切成 3 厘米宽、6 厘米长、0.5 厘米厚的片,将鸡茸均匀地抹在面包片上约 1 厘米厚,其上再均匀地铺上一层芝麻,即成生坯备用。锅置旺火上,下油烧至七成热,投入芝麻鸡生坯,炸至金黄色时捞出,稍凉,切成 1 厘米宽的条,装盘即可。

【功用】养颜健肤,滋阴养颜,清热生津。

李子葡萄酒

【原料】 李子2 300克,红葡萄汁300克,白糖500克,白酒1 500克,柠檬汁15克。

【制作】 将李子洗净,切成两半,去核,然后捣烂成泥。取白糖200克,用开水溶解,随后倒入李子泥搅拌,晾凉。取容器倒入酒,然后加入剩余的白糖、红葡萄汁和柠檬汁,搅拌均匀,最后倒入李子混合液,存放10天即可饮用。

【功用】 养颜健肤,提神醒脑。

杏 子

　　杏为蔷薇科樱桃属落叶乔木,杏树的果实又名杏实、甜梅等。杏原产我国,杏约于公元前2世纪以后通过丝绸之路传至伊朗,再传至地中海沿岸国家,公元10世纪传到日本,公元18世纪后又传到欧洲和美洲,现已遍及全世界的温带地区。好的鲜杏果个大,果皮黄里泛红,具有本品种的成熟色泽,肉质开始柔软,有一定的汁液和甜度,并易离核。鲜杏容易软熟,不耐挤压和贮藏。

　　杏子味甜多汁,营养丰富,每100克可食部分中含有水分89.4克、蛋白质0.9克、脂肪0.1克、膳食纤维1.3克、碳水化合物7.8克、钙14毫克、磷15毫克、铁0.6毫克、锌0.2毫克,还含有胡萝卜素0.45毫克、维生素$B_1$0.02毫克、维生素$B_2$0.03毫克、尼克酸0.6毫克、维生素C4毫克,以及柠檬酸、苹果酸等营养成分。

　　杏子性温,味甘酸,具有润肺定喘、生津止渴等功效。适用于咳嗽、烦渴、食欲不振等。

　　杏子可使人精力充沛,并可滋润皮肤,美化指甲,改善发质。

　　杏除了可供鲜食外,还可加工制成杏干、杏脯、杏丹皮、杏酱、杏酒、杏醋、杏露、罐头等,味美可口。北京杏脯和新疆杏干在国内外享有盛誉。杏仁可用作配料,制成包子、月饼、茶、甜食及菜肴等。

　　杏子性温热,不宜多食。多食易造成膈热烦心、生痈疖、伤筋骨,内热者应慎服。

烤杏仁糕

【原料】甜杏仁250克,牛乳500克,玉米粉400克,蛋白500克,白糖200克。

【制作】将杏仁洗净,放入开水中泡好,用漏勺捞出,去皮后剁烂,放入清水搅匀,磨成浆状,再用杏仁浆与玉米粉调匀。将白糖、牛乳、清水放入锅中煮沸,再将杏仁、玉米粉下入锅中搅匀,煮熟待用。蛋白放入盆内,用蛋棒打起。炒锅置火上,放入烧好的杏仁糊煮开,加入蛋白,用手勺拌匀,倒入抹好油的中盘内,再将中盘放在加入清水的大盘内,然后放入烤炉中烤熟,取出晾凉后即成。

【功用】养颜健肤,润肺止咳,润肠通便,滋养补虚。

杏仁布丁

【原料】甜杏仁粉50克,鸡蛋150克,面粉50克,黄油100克,牛乳250克,砂糖100克,杏仁精适量。

【制作】将鸡蛋清、鸡蛋黄分别打入2个碗内。炒锅置火上,放入黄油、面粉炒出香味,加入杏仁粉(将杏仁用开水稍烫,去皮后烤干,擀碎过箩后即成)、杏仁精、牛乳、蛋黄,拌成杏仁糊。将鸡蛋清打起,然后加入杏仁糊搅匀,倒入刷好黄油的布丁模子内,用小火烤约15分钟,至布丁熟透即成。

【功用】养颜健肤,润肺止咳,润肠通便,滋养补虚。

四仁包子 ✦

【原料】甜杏仁 25 克,松子仁 15 克,核桃仁 15 克,花生仁 20 克,面粉 350 克,白糖 200 克,发酵粉、食碱、植物油各适量。

【制作】将杏仁、松子仁、核桃仁、花生仁一起剁碎,放入碗内,加入植物油、白糖、面粉,用手抓匀,制成四仁甜馅。取面盆一个,放入面粉、发酵粉,然后加入清水和匀,待发酵后将碱水揉进,再加白糖、植物油揉匀,搓成条状,摘成面剂(约 10 个左右)。将每一个面剂收揉均匀,再压成圆皮,包入四仁甜馅,捏好口,放在面板上,置笼上蒸熟后取出即成。

【功用】养颜健肤,滋养润肺,止咳平喘,润肠通便。

杏仁蜜膏 ✦

【原料】甜杏仁 250 克,蜂蜜适量。

【制作】将甜杏仁洗净,切碎。炒锅置火上,放入清水、杏仁,旺火煮沸后,改用小火熬浓,然后加入蜂蜜收膏,待冷后即成。装瓶备用。

【功用】养颜健肤,滋补润肺,止咳平喘,润肠通便。

拔丝杏 ✦

【原料】杏子 12 个,鸡蛋清 3 个,白糖 250 克,植物油 500 克

（实耗约50克），面粉、湿淀粉各适量。

【制作】将杏子洗净，去两端，剖成两瓣后去杏核，大的破成四瓣。在鸡蛋清内加入面粉、湿淀粉，用筷子抽打成鸡蛋清糊。炒锅置火上，放油烧热，将杏肉蘸匀鸡蛋清糊，依次投入锅中，炸至呈金黄色时，用漏勺捞出控油。原锅洗净置火上，放入白糖，加入清水，熬呈黄色并起小泡时，倒入杏子，洒入清水，翻炒几下，出锅后倒入抹好油的盘中，配一碗凉开水上桌即成。

【功用】养颜健肤，润肺止咳，生津止渴。

杏仁桂圆炖银耳

【原料】甜杏仁25克，冰糖100克，桂圆肉25克，水发银耳250克。

【制作】将甜杏仁放入热水中浸泡，捞出去皮。桂圆肉放入清水内略泡后捞出。银耳去根蒂，洗净。冰糖放入碗内，加入清水，上笼蒸至冰糖溶化，取出滤去杂质。取汤锅置火上，放入清水，倒入冰糖水，加入甜杏仁、桂圆肉、银耳，旺火烧沸后，改用小火炖至银耳软糯时，起锅装碗即成。

【功用】养颜健肤，滋补润肺，养血安神。

杏仁玉枣

【原料】甜杏仁50克，大枣100克，芋头250克，粳米100克，白糖250克，京糕、杏仁精适量。

【制作】将杏仁浸泡后去皮。粳米洗净,与杏仁一同磨成浆。京糕用模子制成梅花状。将大枣洗净,剔除枣核,放入碗内,加清水,置笼上蒸至熟烂后取出,过箩去渣,制成枣泥,再用手搓成枣核状。芋头洗净,置笼上蒸至熟烂后取出,去皮制成泥,再用芋头泥包裹枣泥,制成红枣状的玉枣,放入大碗内。炒锅置火上,倒入清水,加入白糖煮沸,撇去浮沫,然后将枣仁米浆慢慢倒入锅内,并用手勺不停地搅动,煮至羹状时调入杏仁精,起锅倒入盛玉枣的大碗内,撒上京糕即成。

【功用】养颜健肤,补益脾胃,益气养血。

蜜饯杏子 ✦

【原料】杏子 500 克,蜂蜜 150 克。

【制作】将杏子洗净,去柄除皮、核,切成片,放入锅内,加水适量,小火煮至七成熟时,加入蜂蜜再煎煮至熟透,收汁,待冷,装瓶即成。

【功用】养颜健肤,定喘通便,防癌抗癌。

杏仁豆腐 ✦

【原料】甜杏仁 100 克,粳米 50 克,白糖 100 克,琼脂 10 克,蜂蜜适量。

【制作】将甜杏仁用温水浸泡后,剥去外皮,切碎待用。粳米淘洗干净,与杏仁加水,用小磨磨成浆(磨得越细越好),再用纱布过滤取汁。琼脂洗净,放入碗中,加入 100 克清水,置笼上蒸约 20 分钟取出,用纱布滤去杂质。炒锅置火上,放入琼脂汁、杏仁浆煮沸,起锅后分别倒入几只小碗中,晾凉(或放入冰箱冷却结冻)即成杏仁豆腐,然后用小刀划成小块,或拼摆装盘。取炒锅置火上,加入清水、白糖、蜂蜜,烧沸后起锅,晾凉后浇在杏仁豆腐上即成。

【功用】养颜健肤,润肺止咳,润肠通便,生津止渴。

杏仁蒸鸡

【原料】甜杏仁 100 克,光母鸡 1 只,葱段、生姜片、精盐、味精、黄酒、胡椒粉、白糖、鲜汤各适量。

【制作】将杏仁放入沸水锅中稍煮,捞出去皮。将鸡剁去头、颈,从脊背上开膛,除去内脏,放入沸水锅中煮透,捞出用清水冲去血沫。取大汤盆,放入鸡、杏仁、葱、生姜、黄酒、精盐、白糖、胡椒粉、味精、鲜汤,盖好盖,装入蒸笼,蒸至熟烂;取出揭开盖,拣去葱、生姜,用手勺撇去浮油,尝好咸淡即成。

【功用】养颜健肤,补益脾胃,润肺补虚。

杏仁酥鸭

【原料】酥杏仁 100 克,净鸭 1 只,虾仁 100 克,鸡蛋清 3 个,植物油 500 克(实耗约 50 克),葱段、生姜片、精盐、淀粉、黄酒、味精、花椒油、花椒盐、鲜汤各适量。

【制作】将净鸭从脊背处劈开,用刀背砸断大骨,放入开水中略烫后捞出,洗净,放入大盆内,加入鸡鲜汤、葱、生姜、精盐、味精、黄酒,置笼上蒸约 90 分钟取出,滗去汤汁,拣去葱、生姜,拆去鸭骨。将鸡蛋清打入碗内,搅打成蛋泡糊,加入淀粉、精盐、味精调匀。取一半蛋糊抹在盘子上摊平,鸭腹向下放在蛋糊上。虾仁洗净,制成细泥,加蛋糊、淀粉、花椒油、精盐、味精搅匀,抹在鸭肉上摊平,再抹上一层蛋糊,然后将杏仁镶在蛋糊上。炒锅置火上,放油烧至四成热,将鸭子拖入锅内慢炸,并翻动鸭身,至呈金黄色时取出。杏仁面朝上,改刀切成宽条后,摆入盘内即成。配花椒盐蘸食。

【功用】养颜健肤,滋补肺肾。

杏仁蒸肉 ❧

【原料】甜杏仁 50 克,带皮五花肉 500 克,葱段、生姜块、碎冰糖、酱油、黄酒、植物油各适量。

【制作】将杏仁用开水浸泡后,剥去外皮,用纱布包好。猪肉洗净,切成 3 厘米见方的小块。炒锅置火上,放油烧热,放入冰糖炒至呈深红色时,再下肉块炒成红色,然后放入葱段、生姜块、酱油、黄酒、杏仁、清水(以浸没肉块为宜),用旺火烧开后,倒入沙锅内,改用小火炖至九成熟时离火。取大碗 1 个,将沙锅内的杏仁去掉纱布,铺入碗底,将肉块皮朝下放在杏仁上,再加入原汤,置笼上蒸至熟烂后取出,翻扣在盘内即成。

【功用】养颜健肤,滋养润肺,润肠通便。

杏仁炖猪肺

【原料】 甜杏仁 50 克,猪肺 250 克,生姜片、黄酒、精盐各适量。

【制作】 将杏仁浸泡去皮。猪肺灌洗干净,切成块。取沙锅置火上,放入清水、猪肺煮沸,撇去浮沫,加入杏仁、黄酒、精盐,改用小火炖约 1 小时,至猪肺脆滑酥软时即成。

【功用】 养颜健肤,补肺润燥,止咳平喘。

杏仁烧羊肉

【原料】 甜杏仁泥 100 克,羊腿肉 750 克,桂皮 3 块,丁香 2 克,草豆蔻 8 粒,干辣椒 2 个,洋葱 1 个,鲜生姜 1 块,大蒜 3 瓣,精盐、辣椒粉、麻油、酸牛奶各适量。

【制作】 将羊肉洗净,剔去筋膜,切成丁状。生姜、洋葱洗净,切成末。大蒜去皮后拍碎。桂皮洗净,切成棍状。炒锅置火上,放麻油烧热,投入桂皮、丁香、草豆蔻稍炒,加入洋葱末煎几分钟后,再加入大蒜、生姜末,炒至洋葱呈金黄色时,倒入羊肉丁,煎至羊肉丁呈金黄色时,将锅离火。将酸牛奶倒入碗中,加入辣椒粉,搅匀。将锅置火上,再加入杏仁泥、精盐,烧开后放入干辣椒,盖好盖,烧至羊肉熟烂后,出锅倒入深盘内即成。

【功用】 养颜健肤,补气养血,暖肾壮阳。

樱 桃

　　樱桃属蔷薇科落叶果树,又名莺桃、含桃、牛桃、朱樱、朱果、荆桃、樱株、英樱、菱樱等。樱桃在我国已有悠久的栽培历史。市面上销售的樱桃主要分为中国樱桃和甜樱桃两大类。中国樱桃为我国原种,果个小、果皮薄,不能存放。甜樱桃,又称西洋樱桃、大樱桃,从欧美引进,果个大,单果重10克左右,果皮较中国樱桃厚,果肉也较硬,比较耐贮运,风味品质也较中国樱桃好。中国樱桃成熟较甜樱桃早1个月左右。中国樱桃可存放1~2天,甜樱桃可存放5~7天。樱桃用保鲜袋包裹,放入冰箱中可存放更长一段时间。但需注意,每袋装的量不宜过多,不能过分挤压。

　　樱桃营养丰富,每100克可食部分中含有水分88克、蛋白质1.1克、脂肪0.2克、膳食纤维0.3克、碳水化合物9.9克、钙4毫克、磷24毫克、铁0.3毫克、锌0.4毫克,还含有胡萝卜素10微克、维生素$B_2$0.03毫克、尼克酸0.3毫克、维生素C23毫克,以及柠檬酸、酒石酸等有机酸。

　　樱桃性温,味甘酸,具有益脾养胃、滋养肝肾、涩精止泻、祛风湿等功效。适用于四肢麻木、咽炎、身体虚弱、风湿腰腿疼痛、冻疮等。

　　樱桃含铁丰富,铁是合成人体血红蛋白的原料,食用樱桃除能美肤润颜外,还有促进血红蛋白再生及防癌的功效。

　　樱桃是色、香、味、形俱佳的鲜果,除了鲜食外,还可以加工制作成樱桃酱、樱桃汁、樱桃罐头和果脯、露酒等。樱桃具有艳红色

泽,杏仁般的香气,食之使人迷醉。樱桃也是菜肴极好的配料。

樱桃性温而发涩,易导致内热,不宜过多食用。凡有热病、咳嗽者慎食。

樱桃酒

【原料】 鲜樱桃 500 克,低度白酒 1 000 克。

【制作】 将鲜樱桃洗净,入布袋,置容器中,加入白酒,密封,浸泡 7 天即成。

【功用】 养颜健肤,益脾养胃,祛除风湿。

酒酿樱桃

【原料】 鲜樱桃 250 克,酒酿 100 克,鲜豌豆 10 克,白糖 50 克,糖桂花 0.5 克。

【制作】 将樱桃洗净,再去蒂去核,保持整形,放碗内加上盖。将酒酿用筷子夹开。将豌豆用沸水烫熟,捞起放凉水中冷却,沥水。汤锅置火上,放清水 500 克烧沸,放入酒酿,用手勺推动搅匀,下白糖、桂花、樱桃、青豌豆煮沸,撇去汤面浮沫,酒酿樱桃浮在汤面,离火,倒入汤碗内,即成。

【功用】 养颜健肤,补气养血,健运脾胃,透疹发痘。

水晶樱桃

【原料】 樱桃 50 克,琼脂 25 克,白糖 50 克。

【制作】将樱桃洗净。琼脂洗净。炒锅置火上,放入清水、白糖煮沸,撇去浮沫,加入琼脂。煮至琼脂溶化后,滤去渣滓。将过滤后的琼脂汁倒入盘内,在汁上面按一定的图案摆放樱桃,然后放在阴凉处冷却即成。

【功用】养颜健肤,补脾健胃,益气养血。

樱桃银耳

【原料】樱桃 10 个,银耳 50 克,冰糖 100 克。

【制作】将樱桃用清水洗净。银耳用温水浸泡回软后,摘去根蒂,然后放入热水中略烫后捞出。炒锅置火上,放入清水、银耳、冰糖,用旺火煮沸后,改用小火炖约 1 小时,加入樱桃,起锅后装入汤碗内即成。

【功用】养颜健肤,滋补润肺。

樱桃杏仁冻

【原料】樱桃 50 克,甜杏仁 50 克,白糖 50 克,琼脂适量。

【制作】将樱桃洗净,放入盆内,加入开水焖烫后捞出,剥去皮,捅出核,装入碗中。将杏仁放入碗中,加入开水焖泡后,滗去水,将杏仁去皮,剁碎,上石磨磨成细糊,装入碗中,加入清水搅匀,倒入净纱布内,挤压取浆,去渣。琼脂洗净,放入碗中,然后加清水,置笼上蒸约 20 分钟后取出。炒锅置火上,放杏仁浆、白糖、琼脂,旺火烧沸,撇去浮沫,倒入盛有樱桃的碗内,待凉后放入冰箱里冰镇。炒锅置火上,放入清水,再加白糖,烧沸后将锅离火,倒入碗内,待凉后用冰镇上。取出冰镇的樱桃杏仁冻,用刀在碗里斜划几道,直划几道,使其成为菱形片状,再加入冰镇好的糖水,待樱桃、杏仁冻在糖水中浮起即成。

【功用】养颜健肤,滋补润肺,止咳平喘。

西米樱桃

【原料】鲜樱桃 250 克,西米 100 克,鲜蚕豆仁 100 克,白糖 250 克,桂花卤适量。

【制作】将鲜樱桃洗净,剔去核,放入盆内,加入白糖,腌好待用。将蚕豆放入锅中,加入清水,煮沸后捞出晾凉,去皮。西米淘洗干净,放清水中浸泡。炒锅置火上,放入清水,下入西米煮沸,待西米浮上水面时,加入白糖、桂花卤、樱桃、蚕豆仁烧沸,起锅后盛入碗内即成。

【功用】养颜健肤,补气健脾。

百年合好

【原料】蜜饯樱桃 10 个,水发莲子 200 克,鲜百合 200 克,白糖 50 克。

【制作】将莲子、百合用沸水焯过,捞出。取一蒸碗,碗底放一些莲子,百合摆放在莲子四周,剩余的莲子、百合一齐装入碗内。然后,撒上白糖、清水,置笼上蒸几分钟后取出,翻扣在汤盆里。炒锅置火上,加清水 1 000 克,加入白糖,慢慢浇入汤盆内,上面撒上10 粒樱桃即成。

【功用】养颜健肤,补肺健肺,养颜美容。

樱桃冻 ❧

【原料】樱桃 100 克,牛乳 250 克,琼脂、白糖各适量。

【制作】将樱桃洗净。琼脂用温水泡软。将牛乳放锅内,置于火上加热至沸,放入泡软的琼脂,用小火使琼脂溶化,再放入白糖,待快凝结时,加入樱桃,放入盘内,置冰箱冻结即成。

【功用】养颜健肤,健胃生津,增进食欲。

樱桃香菇 ❧

【原料】水发香菇 80 克,鲜樱桃 50 颗,豌豆苗 50 克,精盐、黄酒、味精、酱油、白糖、生姜汁、湿淀粉、麻油各适量。

【制作】将水发香菇去杂洗净,加入生姜汁、黄酒、酱油、白糖、精盐和水煮沸后,改用小火煨烧片刻,再将豌豆苗入锅,加入味精,用湿淀粉勾芡,然后放入樱桃,淋上麻油后出锅,装盘即成。

【功用】养颜健肤,滋补养颜。

樱桃肉丁 ❧

【原料】樱桃 200 克,猪里脊肉 250 克,酱油、精盐、白糖、植物

油各适量。

【制作】将樱桃洗净,摘去果核。猪里脊肉洗净,先片成厚片,再切成丁。炒锅置火上,放油烧热,下肉丁煸炒,加入酱油、白糖、精盐、翻炒均匀,再下樱桃翻炒几下,起锅装盘即成。

【功用】养颜健肤,滋补养血。

樱桃虾仁

【原料】樱桃20克,虾仁250克,鸡蛋清1个,黄酒、精盐、白糖、白醋、葱、生姜、蒜、麻油、味精、湿淀粉各适量。

【制作】将湿淀粉、精盐、白糖、味精和几滴醋放入碗中,调汁。将葱切丝,生姜切末。虾仁洗净,沥干水分,放入用鸡蛋清、精盐、味精、湿淀粉调成的糊裹匀。炒锅置火上,放油烧热,下入挂糊的虾仁,待虾仁色变白时,捞出,沥干油。锅留底油,放入葱、生姜、蒜煸出香味,下入虾仁、樱桃,烹黄酒,倒上调好的汁,翻炒均匀,淋上麻油即成。

【功用】养颜健肤,补养脾肾。

樱桃焖鸭

【原料】樱桃100克,嫩鸭1只,洋葱50克,胡萝卜25克,蘑菇30克,樱桃甜酒50克,黄油40克,面粉5克,辣酱油、番茄酱、精盐、胡椒粉各适量。

【制作】将嫩鸭洗净,撒上精盐、胡椒粉,再用樱桃酒里外抹匀,放在阴凉地方腌制。腌好的鸭子,皮上抹上辣酱油,放入油锅中炸至金黄色时捞出。另取一锅放入黄油,将洋葱丝、胡萝卜丝、蘑菇放入,炒至变色。下入面粉炒出香味,加入番茄酱、樱桃甜酒,将炸好的鸭子放在锅里,炖至五成熟时加入樱桃,再炖至鸭熟即成。

【功用】 养颜健肤,滋阴美容。

樱桃鸡丁

【原料】 鲜樱桃 150 克,鸡脯肉 100 克,鸡蛋清 1 个,黄酒、精盐、酱油、白糖、味精、湿淀粉、植物油各适量。

【制作】 将樱桃去柄,洗净沥干。鸡肉切丁,用鸡蛋清、湿淀粉、黄酒、精盐、白糖、味精拌匀上浆。炒锅置火上,放油烧热,下入鸡肉丁划散,捞出。锅留底油,倒入肉丁,加酱油和汤,下入樱桃,拌匀,稍焖,翻炒均匀即成。

【功用】 养颜健肤,滋补肝肾,益脾养胃。

樱桃鸭掌

【原料】 樱桃 10 个,鸭掌 10 个,大茴香、花椒、酱油、葱白、生姜、白糖、味精、精盐、黄酒各适量。

【制作】 将鸭掌洗净,用小刀将骨剔出,然后放入汤中,加入大茴香、花椒、葱白、生姜、白糖、精盐、酱油、黄酒、味精,卤透,放入蒸锅中蒸熟,装盘后将樱桃放鸭掌上即成。

【功用】 养颜健肤,滋阴泻火。

金 橘

金橘为芸香科植物金橘树的果实,又名卢橘、山橘、金弹、给客橙等。我国栽培金橘已有 2 000 年左右的历史,华南各省都有分布,尤其以浙江镇海、广西融安、江西遂川及福建龙溪栽培最多。金橘在柑橘大家族中只是一个小妹妹,其果实娇小玲珑如弹丸,它的树形矮小,适合房前屋后、山垅坡地栽培,容易管理。选购金橘时,要求果实色泽黄亮鲜艳,紧实而富有弹性,甜多酸少,具有浓郁的香味;而且,果实洁净光亮,无烂斑。存放时,应尽可能挑选新鲜有蒂的好果,用食品塑料袋密封,放在室内阴凉、干燥处或冰箱中。

金橘以皮薄子少、果皮脆甜、肉质软、汁多、味浓为佳,皮肉均可食用。金橘营养丰富,每 100 克可食部分中含有水分 84.7 克、蛋白质 1 克、脂肪 0.2 克、膳食纤维 1.4 克、碳水化合物 12.3 克、钙 56 毫克、磷 20 毫克、铁 1 毫克、锌 0.21 克,还含有胡萝卜素 0.37 毫克、维生素 $B_1$0.04 毫克、维生素 $B_2$0.03 毫克、尼克酸 0.3 毫克、维生素 C35 毫克等营养物质。

金橘性温,味辛甘,具有理气补中、散寒解郁、消食化痰、醒酒等功效。适用于胸闷郁结、伤酒口渴、食滞胃呆等。

常吃金橘可以排毒养颜祛斑。

金橘试能强化毛细血管,增强人体抗寒能力。

金橘是制蜜饯的重要原料,金橘蜜饯色艳味香、酥脆爽口,为蜜饯中之上品,畅销东南亚各地。金橘还可加工成金橘饼,以其酸甜香辛的特殊风味和开胃顺气、消食化痰的功效而受人青睐。

变质金橘不宜食用。

金橘饼

【原料】鲜金橘 500 克,精盐 20 克,明矾 10 克,白糖 400 克。

【制作】将鲜金橘洗净,用小刀逐个划破几道小口,浸于用精盐、明矾配制的水溶液内过夜,翌日捞出控干,再用开水泡过,去核捏扁,清水浸洗 2 次,每次 2 小时,使咸辣味去尽,然后用盆码一层金橘,撒一层糖,用糖 300 克,放置 5 日后倒入锅中熬煮,加糖 100 克,开锅后改用小火,直至金橘上光,即可倒入瓷罐中贮存备食。

【功用】养颜健肤,理气补中,散寒解郁,消食醒酒。

冰糖炖金橘

【原料】金橘 250 克,冰糖适量。

【制作】将金橘洗净,切成小块。炒锅置火上,加入清水、冰糖煮沸,撇去浮沫,再加入金橘,改用小火略炖即成。

【功用】养颜健肤,化痰止咳,理气健脾。

冰糖炖橘饼桂圆

【原料】金橘饼 100 克,桂圆肉 50 克,冰糖 50 克。

【制作】将金橘饼洗净,切成小块。桂圆肉切碎。取锅置火上,放入清水、冰糖、橘饼、桂圆肉,旺火煮沸后,改小火炖约30分钟即成。

【功用】 养颜健肤,理气健脾。

金橘酸甜肉

【原料】 金橘100克,猪腿肉150克,鸡蛋清1个,火腿、金针菇、精盐、味精、白糖、面粉各适量。

【制作】 将金橘去蒂,与猪肉、火腿皆剁成细末,加入精盐、味精、白糖拌和。取碗,放入鸡蛋清与面粉调成蛋糊,放入猪肉及金橘,用金针菇扎成金橘形。炒锅置火上,放油烧热,下入包好的金橘肉,炸至呈金黄色,取出装盘即成。

【功用】 养颜健肤,健脾益胃,增进食欲。

金橘水晶土豆泥

【原料】 土豆500克,金橘饼20克,炒米粉100克,桂花、青红丝各5克,猪板油50克,白糖50克,麻油适量。

【制作】 将土豆洗净后置笼上蒸烂,取出去皮,用刀背压成泥,掺入炒米粉并拌匀,分成18份。猪板油洗净,去皮膜,碾成泥,放入白糖及金橘饼、青红丝、桂花、拌匀成馅。取1份土豆泥,包1份馅,团成圆球状。炒锅置火上,放入麻油,小火烧至四成热,下入土豆球,待土豆球浮起,改中火炸至金黄色时,捞起装盘即成。

【功用】 养颜健肤,健脾和胃,顺气宽中。

橘　子

　　橘子为芸香科植物常绿果树橘的果实,又名黄橘。橘子原产我国,黄河以南大部分地区都有栽培。橘子与柑为同属植物,形象上也十分相似,但仍有各自的特征,可资鉴别。我国橘的产量比柑高,品种亦丰富多彩,著名品种有浙江黄岩蜜橘、江西南丰乳橘、福州红橘、广东潮汕卢橘等。一般说来,橘比柑稍小,皮较薄,刚采收时果皮较柑易剥离,但贮藏一段时间以后柑的果皮反而更易剥离,橘的网络也少于柑。从果形上看,橘较圆而柑稍扁。

　　橘子汁多味浓,甜蜜清香,营养丰富,每 100 克可食部分中含有水分88.2 克、蛋白质0.8 克、脂肪0.4 克、膳食纤维1.4 克、碳水化合物8.9 克、钙19 毫克、磷18 毫克、铁0.2 毫克、锌0.1 毫克,还含有胡萝卜素1.667 毫克、维生素 $B_1$0.05 毫克、维生素 $B_2$0.04 毫克、尼克酸0.2 毫克、维生素 C19 毫克,以及苹果酸、柠檬酸、琥珀酸、橙皮甙等物质。用橘子皮汁或肉汁擦患部,除腻效果明显,且能使皮肤细嫩。

　　橘子性温,味甘酸,具有开胃理气、止咳润肺、醒酒等功效。适用于胸膈痞满、呕逆食少等。

　　柑橘果实富含维生素 A、B 族维生素、维生素 C、维生素 D 和维生素 E。经常吃些柑橘对于预防癌症无疑是一种可取的有效措施。研究人员已从橘皮、橘渣中成功提取出了抗癌物质。其中,从橘皮中提取抗癌物质 β - 隐黄素,其抗癌效果为 β - 胡萝卜素的 5 倍。

调查发现,吃橘子的人患冠心病、高血压、糖尿病、痛风的比率比较低。橘子等柑橘类水果的皮中所含的橙皮油素,具有抑制肝脏、食道、大肠及皮肤癌变的效果。

橘子除供鲜食外,还可加工成罐头、果汁、果酱、果酒、果醋、橘晶、蜜饯等,并可制成筵席甜食,如橘味海带丝、什锦果羹、水晶橘子、烩橘子羹等。

吃橘子过多会上火,导致机体功能紊乱,出现口腔溃疡、牙周炎、舌炎、唇炎、咽炎等症,特别是儿童,机体内"阴常不足,阳常有余",多食橘子容易使"阳气益甚,上焦火盛",而出现一系列上火症状。吃橘子过多还会引起高胡萝卜素血症,此病与橘中所含胡萝卜素较多有关,过多的胡萝卜素被吸收进入血液,会表现出皮肤黄染,首先从手掌和足掌开始,逐渐向躯干和面部蔓延,并伴有恶心、呕吐、食欲差、乏力等症状,易误诊为肝炎,应注意鉴别:停止食用含胡萝卜素丰富的食品,皮肤黄染在一至数周内即逐渐消退。多喝开水能促进胡萝卜素的排泄。

陈皮豆腐干

【原料】陈皮5克,豆腐干250克,干辣椒2个,酱油、白糖、生姜、黄酒、麻油、味精、精盐、花椒各适量。

【制作】将豆腐干切丝。炒锅置火上,放油烧热,下入豆腐干丝炸透捞出。干辣椒和干陈皮也放入锅中炸,捞出碾末。锅留底油,下入干辣椒、花椒、生姜、葱,倒入干丝,加黄酒、酱油、白糖;烧开后,改小火焖一会儿,再改旺火收汁,撒入陈皮末,翻炒几下,淋上麻油即成。

【功用】养颜健肤,补益脾胃,理气开胃。

橘子冰棍

【原料】橘子汁 100 克,白糖 20 克,淀粉 10 克。

【制作】先取锅放水,再放入淀粉调匀,置火上煮开,加入白糖和适量水,煮开后,过滤去渣。将橘子汁也倒入锅中,边加边搅,煮开后停火,晾凉后,放入模具内,放入冰箱冷冻。

【功用】养颜健肤,消暑解热,防止中暑。

蜜橘元宵

【原料】无核蜜橘 250 克,带心小元宵 200 克,白糖 50 克,糖桂花适量。

【制作】将橘子洗净,剥开皮,撕去筋,掰成瓣,每瓣再切成两块,然后放入碗中。炒锅置火上,加入清水烧沸,放入元宵,用手勺稍推几下,待元宵熟软、浮在汤面上时,再加入白糖、橘子肉、桂花,用旺火煮沸,撇去浮沫,将锅离火,倒入汤碗即成。

【功用】养颜健肤,补气健脾。

橘子酒膏

【原料】橘子 500 克,葡萄酒 250 克,白糖 50 克,鸡蛋黄 1 个,奶油 25 克,琼脂适量。

【制作】将鸡蛋黄、葡萄酒、白糖放入锅中,加入清水,再将橘子去皮、挤汁放入,上火慢煮。将琼脂放在水中泡软,也放入锅内煮。取碗,放入奶油、白糖搅匀,也倒入锅内,边倒边搅,至膏状离火,晾凉即成。

【功用】养颜健肤,开胃消火。

拔丝蜜橘

【原料】无核蜜橘 300 克,鸡蛋清 3 个,面粉 75 克,白糖 150 克,植物油 750 克,青红丝、干淀粉各适量。

【制作】将橘子洗净,去皮后剥成瓣,逐个粘上一层面粉。将鸡蛋清打入碗内,抽打成蛋泡糊,加入淀粉拌匀。炒锅置火上,放油烧至五成热,将橘瓣挂上蛋泡糊下锅,炸至结壳,捞出控油。原锅洗净置火上,放入清水、白糖,熬至呈金黄色,糖浆能出丝时,倒入橘瓣,翻炒均匀,撒入青红丝,起锅装盘即成。

【功用】养颜健肤,开胃健脾,生津止渴。

水晶橘子

【原料】罐头橘子 1 瓶,琼脂 10 克,白糖各适量。

【制作】将锅置火上,加入清水、白糖、琼脂熬化。将罐头橘子起开,将橘子放入方盘内铺匀,再将熬化的糖汁缓缓倒入盘内,过凉后放入冰箱冷却。原锅置火上,加入清水、白糖煮沸,起锅后倒入盆内,过凉后放入冰箱冰镇。将冷却后的水晶橘子取出,改刀成小方块,再放入冰镇的糖汁中即成。

【功用】养颜健肤,清热解暑,生津止渴,开胃助食。

糖熘橘瓣

【原料】鲜橘子 250 克,白糖 150 克,湿淀粉、山楂糕、香精各适量。

【制作】将橘子洗净,剥去外皮,撕去筋络,撕成瓣。山楂糕切成小象眼片,炒锅置火上,加入清水、白糖,煮沸撇去浮沫,下橘瓣,用湿淀粉勾芡,滴入香精,撒上山楂糕片即成。

【功用】养颜健肤,开胃健脾,生津润肺。

冰糖炖橘瓣

【原料】鲜橘子 250 克,冰糖各适量。

【制作】将橘子洗净,剥去外皮,撕瓣放入盆中,加入冰糖及清水。炒锅置火上,加入清水,再将装有橘瓣和冰糖的盆放入锅内,隔水炖约 30 分钟即成。

【功用】养颜健肤,润肺止咳,生津止渴。

橘皮酱

【原料】鲜橘皮 250 克,柠檬汁、白糖、琼脂各适量。

【制作】将橘皮洗净,用清水浸泡 24 小时后捞出,切成细丝。

取锅置火上,加入清水、橘皮丝、柠檬汁、白糖,用旺火煮沸后,改用小火熬煮至汤汁稠浓时,再加入琼脂略煮,起锅趁热装瓶即成。

【功用】 养颜健肤,理气健脾,开胃助食,止咳化痰。

金丝黄橘

【原料】 净橘子 250 克,鸡蛋黄 1 个,麻油 20 克,青红丝、面粉、湿淀粉、白糖、苏打各适量。

【制作】 先取碗 1 只,将淀粉、面粉、麻油、鸡蛋黄、苏打放入,调糊。炒锅置火上,放油烧热,下入挂糊的橘子,炸至糊酥后取出。炒锅置火上,放入油及白糖,待白糖汁无小泡后,放入炸好的橘子,翻炒,然后离火,撒上青红丝即成。

【功用】 养颜健肤,开胃理气。

橘味海带丝

【原料】 陈皮 25 克,干海带 150 克,香菜 30 克,白糖、酱油、醋、麻油、味精各适量。

【制作】 将海带放进蒸笼内,蒸 20 分钟,取出,投入热水中浸泡,充分发好,洗净泥沙,沥干切丝。将海带丝放入盘中,加入酱油、白糖、麻油、味精拌匀。将陈皮放入开水中,换 2 次水,洗净,沥干,剁末,放碗中,加醋拌匀,倒入海带丝盘中,搅拌均匀,然后将香菜洗净,切段后撒上。

【功用】 养颜健肤,健脾开胃,燥湿化痰,补碘。

橘酪鸡 ❧❧❧❧

【原料】红橘 400 克,鸡 1 只(重约 1 000 克),精盐、黄酒、味精、葱、生姜、面粉各适量。

【制作】将鸡开膛,去内脏,再清洗干净,沥干水分,然后剖开脊骨,在脊上斩三刀,拍松。取红橘 300 克去皮和络,再除去核,制成糊状,下入热油锅,浇入熟鸡油,加入面粉、精盐、味精、炒熟,放入橘糊,炒成橘酱。炒锅置火上,放油烧热,下入鸡,炸至橘黄色,控油。然后放入装有橘酱的容器内,加黄酒、精盐、味精、葱、生姜、鲜橘皮,绵纸封口,置笼上蒸 2 小时,取出,去掉封口纸,拣去橘皮、葱、生姜,将余下红橘剥去皮和筋,点缀即成。

【功用】养颜健肤;温阳补气。

橘子炖鸭 ❧❧❧❧

【原料】罐头橘子 1 瓶,净鸭 1 只,鸡汤 1 000 克,黄酒、精盐、白糖、鸡油、湿淀粉各适量。

【制作】将鸭子洗净,劈成两片放入盆中,加入鸡汤、精盐、黄酒、白糖,置笼上蒸约 90 分钟后取出。取沙锅置火上,鸭子及原汤倒入锅内,再放入橘子汁,用小火炖约 30 分钟后捞出鸭子,放入盘内。原汤内加入橘子、鸡油,并用湿淀粉勾芡,然后起锅浇在鸭子上,橘子围在四周即成。

【功用】养颜健肤,滋阴补血,开胃生津。

橘汁鱼卷

【原料】草鱼肉 700 克,橘子 2 个,虾泥 50 克,猪肥膘泥 30 克,荸荠末 20 克,鸡蛋 2 个,香菜、葱、生姜、味精、胡椒粉、面粉、湿淀粉、精盐各适量。

【制作】将鱼肉切片放在盘中。香菜择洗净,切段。取碗,放入虾泥、肥膘泥、荸荠末,加入精盐、味精、胡椒粉、葱拌成馅料,分别放在鱼片上,卷成卷。将鸡蛋打入碗中,再拌上面粉调糊。炒锅置火上,放油烧热,下入挂糊的鱼卷炸成为金黄色时捞出,放入盘中,四周用香菜点缀。橘子去皮,用干净布挤出橘汁,放入热锅中加精盐,用湿淀粉勾芡,淋在鱼卷上即成。

【功用】养颜健肤,健脾利湿,温阳补虚。

橘子烤鸡

【原料】烤鸡 1 只,橘子 250 克,淀粉 25 克,鸡汤、精盐、橘子酒各适量。

【制作】将炒锅置火上,放入鸡汤,烧开后用淀粉勾芡,加精盐,再加橘子瓣,淋上橘子酒,调成酱。用刀将烤鸡脯肉片下,浇入橘子酱即成。

【功用】养颜健肤,温中益气。

柑 子

柑子为芸香科植物常绿果树柑的果实，又名金实、木奴、瑞金奴等。原产我国黄河流域以南，以长江流域以南栽培为多。主要品种有蕉柑、茶条柑、乳柑等。蕉柑产量最大，盛产于广东、广西、福建等省，果实高扁圆或圆球形，果皮橙黄色或橙红色，较厚而粗糙，容易剥离。瓣瓣柔软多汁，无渣少核，风味浓甜，耐贮藏。

柑子甘甜略酸，口味好，且营养丰富，每100克可食部分中含有水分86.9克、蛋白质0.7克、脂肪0.2克、膳食纤维0.4克、碳水化合物11.5克、钙13毫克、磷16毫克、铁0.2毫克、锌0.21毫克，还含有胡萝卜素0.89毫克、维生素$B_1$0.08毫克、维生素$B_2$0.04毫克、尼克酸0.4毫克、维生素C28毫克，以及橙皮甙、川陈皮素、挥发油、柠檬酸等营养物质。常吃柑子，可以养颜美容。

柑子性凉，味甘酸，具有生津止渴、醒酒利尿等功效。适用于胸热烦满、胃热口渴、小便不利等。

食用柑子可以降低栓塞在动脉血管中的胆固醇，有助于使动脉粥样硬化发生逆转。柑子中的果胶有助于降低血液中胆固醇和低密度脂蛋白的水平。

柑子除了鲜食和加工成糖水罐头外，还可用于制作柑汁，一般家庭也可制备：将成熟柑子洗净捣烂榨汁，用细筛或纱布滤去渣滓，再静置澄清，装瓶，放入蒸笼隔水蒸，水开后再蒸5分钟即可杀菌。出锅后立即盖好封严，置冰箱保存，随时取食。

柑子性凉,脾胃虚寒者不宜多食。

冰糖炖柑子

【原料】鲜柑子1个,生姜4片,冰糖20克。

【制作】将柑子洗净,带皮切块,放入盛器内,加入生姜、冰糖及清水,隔水炖约30分钟即成。

【功用】养颜健肤,止咳化痰,醒酒生津。

柑子鸭

【原料】柑子500克,净鸭1500克,橘子酱35克,橘子酒35克,精盐5克,玉米粉50克,胡椒粉适量。

【制作】将净鸭内外撒精盐、胡椒粉,放烤盘内,入炉烤,烤时不断的翻转,并浇上烧鸭汁,熟后取出每份剁成两块。原汁倒在锅内,加热后倒入橘子酱和适量鲜汤,用微火煮沸,用玉米粉调好浓度,放上适量橘子酒,调成沙司口味。食用前将剁好的鸭块放在盘内,上面码上柑子瓣,浇匀沙司,周围用柑子瓣围边即成。

【功用】养颜健肤,滋阴生津。

橙　子

　　橙子为芸香科植物常绿果树橙树的果实，又名黄橙、金橙、金球、广柑、广橘、黄果、鹄壳等。橙子可分为酸甜两种，酸橙又叫缸橙，果形扁圆，果实较软，果皮粗糙而浮，颜色较杂，有橙黄、红黄、暗黄等，味酸带苦，一般多在 10 月成熟。甜橙果皮较薄，果形圆大，橙黄色皮，较柑子难于剥离。果肉味甜汁多，富有香气，多于 11 月开始成熟。我国橙子的优良品种有广东香水橙、福建雪橙、漳州橙、四川脐橙和夏橙、湖南冰糖橙、湖北桃叶橙以及广柑等。一般说来，橙较柑子更耐贮藏。

　　橙子肉甜适口，营养丰富，每 100 克可食部分中含有水分87.4 克、蛋白质 0.8 克、脂肪 0.2 克、膳食纤维 0.6 克、碳水化合物10.5 克、钙 20 毫克、磷 22 毫克、铁 0.2 毫克、锌 0.14 毫克，还含有胡萝卜素 0.16 毫克、维生素 B_1 0.05 毫克、维生素 B_2 0.04 毫克、尼克酸 0.3 毫克、维生素 C 33 毫克，以及挥发油、橙皮甙、果胶和有机酸等成分。

　　橙子性凉，味甘酸，具有生津止渴、帮助消化、和胃止痛等功效。适用于胃阴不足，口渴心烦，饮酒过度，消化不良，胃气不和，恶心呕逆等。

　　经常吃橙子，可以排毒养颜嫩肤。

　　橙子具有增加毛细血管的弹性、降低血中胆固醇、防治高血压、动脉硬化的作用。其所含有的维生素 C 具抗氧化与阻断致癌

物二甲亚硝胺的生成作用,故可防癌治癌。

橙子可鲜食,亦可加工成橙汁、果酒、橙饼、蜜饯等。

橙子不宜多吃,免伤肝气。

橙子煎

【原料】橙子2个,蜂蜜50克。

【制作】将橙子放入水中浸泡15分钟后,带皮切块,放入锅中,加适量水和蜂蜜,煮成汁即成。

【功用】养颜健肤,消食和胃。

橙子汤圆

【原料】鲜橙子250克,糯米粉200克,白糖150克,枣泥、糖桂花卤各适量。

【制作】将糯米粉放入盆内,倒入开水,烫好后揉匀,摘成小剂,分别按扁,包入枣泥,制成汤圆。将橙子洗净,去皮后切成小块。炒锅置火上,倒入清水烧沸,放入汤圆,用小火烧至汤圆漂在水面时,再加入白糖、桂花卤烧沸,起锅盛在碗中,撒上橙子块即成。

【功用】养颜健肤,补气健脾,开胃助食。

橙篮

【原料】鲜橙6个,生菜叶6片,葡萄酒、白糖各适量。

【制作】将橙切刻成花篮形状,取出橙肉,放入碗中,加葡萄酒、白糖拌匀,再放入橙内,旁缀生菜叶。

【功用】养颜健肤,消热祛火。

橙子奶露

【原料】鲜橙 1 个,牛乳 100 克,白糖适量。

【制作】将牛乳下锅烧开,加白糖,待白糖溶化,放入碗中晾凉。鲜橙洗净,削下顶端,作盖,挖空橙子内部,然后置高脚圆口杯中,倒入牛乳、橙肉,盖上盖,入冰箱镇凉即成。

【功用】养颜健肤,和胃补虚。

蟹酿橙

【原料】甜橙 250 克,熟蟹肉 25 克,熟蟹黄 50 克,黄酒、香醋各适量。

【制作】将橙去圆顶,取出橙肉,将蟹肉、蟹黄填入橙中,盖上圆顶,将其固定,放入大蒸碗中,加入黄酒和香醋,入笼蒸 30 分钟,取出蘸精盐、醋食。

【功用】养颜健肤,滋阴生津,软坚化痰。

橙煎猪肉

【原料】橙子 2 个,猪里脊肉 200 克,香醋 30 克,味精、精盐、酱油、葱、生姜、湿淀粉、蛋液各适量。

【制作】 将里脊肉洗净,切成片,用刀捶松,下入味精、精盐、酱油、生姜、葱,腌20分钟,下入湿淀粉、蛋液拌匀,下锅煎至两面金黄色时取出控油。取橙肉,切成大方粒,橙皮切丝,其中一半榨汁,将榨汁放入锅中加上醋,煮沸后加精盐放入橙肉,勾芡,放猪肉拌匀即成。

【功用】 养颜健肤,健脾和胃。

橙子鸡块 ᘓᘓᘓᘓ

【原料】 橙子汁100克,鸡块500克,橙子瓣75克,面粉、精盐、生姜末各适量。

【制作】 先在煎盘里将黄油加热至起泡后,放入鸡块,煎至变色,取出,放入平盘中。煎盘余油中放入面粉、精盐、生姜末、橙汁,边烧边拌,待汁稠浓后放入煎好的鸡块,烧沸后,用小火将鸡肉烧嫩后,再撒上橙子瓣即成。

【功用】 养颜健肤,清胃健脾。

柚　子

　　柚子为芸香科植物常绿果树柚的成熟果实,又名雪柚、条、臭柚、朱栾、抛、芑、脬、文旦、气柑等。我国是柚子的原产地之一,主要产于广东、广西、福建、四川、台湾等地。在柑橘类果品中,柚子的个头最大,呈球形、扁球形、阔倒卵形,果熟时为橙色,果皮厚,不易剥离。柑和橘多以秋梢为结果母枝,而柚则以春梢为结果母枝,所以柑和橘多在冬青之时收获,而柚秋季上市,柚的著名品种有福建漳州文旦柚、广西坪山柚、广西沙田柚,这三种柚与泰国的蜜柚合称为世界四大名柚。柚子的品质优劣,除要有适当的成熟度外,首先决定于品种和产地。如广西的沙田柚和福建的文旦柚,风味品质极佳,是柚子中的极品。同一品种则以体大、果重、沉实者为好,体大、果重反映果实发育完善,品质好。若果大而分量轻,则说明皮厚、肉少、汁少、风味不好。此外,白肉类柚子的风味品质一般优于红肉类。在购买柚子时,还要注意果实要新鲜,无干疤、无伤残、无腐烂点等。柚子在柑橘类中较易贮藏,方法简便。但存放前,首先应剔除伤残果、病虫害果、不成熟的青果。用洁净的食品塑料袋包裹单果,密封,放在阴凉、干燥处可保存数月。数量多时,也可放在洁净的瓦缸内,缸底放少许洁净微湿的黄沙,以保持湿润。

　　柚子柔软适口,酸甜清香,营养丰富,每100克可食部分中含有水分89克、蛋白质0.8克、脂肪0.2克、膳食纤维0.4克、碳水化合物 9.1 克、钙 11 毫克、磷 27 毫克、铁 0.4 毫克、锌 0.23 毫克,还含有胡萝卜素 10 毫克、维生素 B_1 0.01 毫克、维生素 B_2 0.03 毫克、尼克酸 0.3 毫克、维生素 C 23 毫克,以及挥发油、柚皮甙、新橙皮甙等成分。

柚子性寒,味酸甘,具有解痉化痰、健胃消食、行气解酒、抗炎降血糖等功效。适用于慢性支气管炎、妊娠呕吐、糖尿病、高血压病、高脂血症等。

经常吃柚,可以养颜,健美皮肤。

鲜柚中还含有类似胰岛素的成分,具有降低血糖的作用,因此,特别适合高血糖的人食用。

柚肉可以生食,也可与猪肉等荤腥配制成美味佳肴。

脾胃虚寒、胃及十二指肠溃疡病患者慎食柚子。

柚肉酥饼

【原料】 鲜柚肉 250 克,纯奶粉 100 克,百合粉 50 克,面粉 500 克,发酵粉 5 克,菊糖 0.5 克,精盐 1 克,橘子型香精 2 克,花生油 10 克。

【制作】 取 400 克面粉放进和面盆内,加进百合粉拌匀,再取汤碗放入发酵粉,用 200 克温水溶化,并加进香精、精盐和花生油搅匀,倒进面中再和成面坯,稍放发酵备用;另将柚子皮剥掉,去除柚子核,将柚子肉用搅馅机搅成泥状,加进纯奶粉、菊糖拌匀,稍腌待用。取发好的面坯加面扑揉搓成长面剂,下 30 个小面剂,按扁擀成水饺皮,逐个包上腌好的柚肉馅泥,捏成圆形,并将其按扁成圆馅饼,再用刀在外侧圆弧圈处转切 5~6 竖刀(不露馅为度),码在烤盘上,放进烤箱,用180℃烤15分钟取出,码在盘中。

【功用】养颜健肤,降糖降压,降脂减肥。

柚肉蜜酒

【原料】鲜柚肉500克,蜂蜜250克,白酒适量。

【制作】鲜柚肉去核,切成小块,放入瓷罐中,加入适量白酒,密封,浸闷一夜,再倒入铝锅中,煎煮至余液欲干时加入蜂蜜,拌匀即成。晾凉后装瓶备用。

【功用】健脾燥湿、止咳化痰。适用于痰湿内蕴型慢性支气管炎。

柚子炖肉

【原料】柚子250克,猪肉250克,黄酒、精盐、味精、生姜、植物油各适量。

【制作】将柚子洗净,去皮核,切成块。猪肉洗净,切成块。炒锅置火上,放油烧热,下入猪肉煸炒后,加入清水、黄酒、精盐、味精、生姜,用小火炖至熟透后,再加入柚子搅匀,起锅装盘即成。

【功用】养颜健肤,滋阴补血,润肺止咳。

柚皮炖橄榄

【原料】柚皮15克,橄榄30克,白糖适量。

【制作】将柚皮洗净,切碎,放入沙锅内,加水适量,置火上煮

开,再放入橄榄煮开,加白糖煮熟即成。

　　【功用】养颜健肤,止呕解吐。

柚丝炒鸡丝

　　【原料】柚丝 250 克,子鸡丝 200 克,水发香菇丝 25 克,蒜茸、生姜丝、葱丝、茨汤、鸡蛋清、湿淀粉、黄酒、精盐、白糖、植物油各适量。

　　【制作】先把鸡丝用少许精盐、鸡蛋清、湿淀粉抓过,推入五成热的油锅内轻轻滑散,捞起。原锅留底油,放入蒜茸、生姜丝、葱丝爆香,下水发香菇丝、鸡丝、精盐、白糖炒匀,最后放入柚丝抖散、淋上茨汤,烹入黄酒即成。

　　【功用】养颜健肤,健脾生津。

芒 果

　　芒果为漆树科芒果属植物的果实,又名芒果、檬果、蟒果、望果、庵罗果、沙果梨等。芒果原产印度和马来西亚的热带和亚热带地区,我国栽培芒果已有1 300多年的历史,最初是由唐僧去印度取经时带回国内的。现在,我国市场上的优良芒果品种有:象牙芒,果形似象牙,果皮淡黄色,果肉淡黄色;泰国芒,果实肾形,果腹面有一条明显的沟槽是其特征,果皮黄绿,向阳面有红晕;吕宋芒、秋芒等。芒果的品质首先取决于品种、品系的优劣,如象牙芒的品质一般优于其他香芒。而同一品种则要挑选果个大,肉质细嫩,色泽鲜黄带有红晕,形微扁,核小、薄,纤维少或无者为佳。

　　芒果的果肉多、汁多,味道鲜美,每100克可食部分中含有水分90.6克、蛋白质0.6克、脂肪0.2克、膳食纤维1.3克、碳水化合物7克、磷11毫克、铁0.2毫克、锌0.09毫克,还含有胡萝卜素8.05毫克、维生素$B_1$0.01毫克、维生素$B_2$0.04毫克、尼克酸0.3毫克、维生素C23毫克,以及有机酸和多酚类化合物等营养物质。

　　芒果性凉,味甘酸,具有益胃止呕、解渴利尿、定眩止晕等功效。适用于胃热烦渴、呕恶不食、排尿热痛、小便不利等。

　　芒果未成熟的果实及树皮、茎能抑制化脓球菌、大肠杆菌等,芒果叶的提取物也同样有抑制化脓球菌、大肠杆菌的作用,可治疗人体皮肤、消化道感染疾病。

　　芒果果实含芒果酮酸、异芒果醇酸等有机酸和多酚类化合物,具有抗癌的药理作用;芒果汁还能增加胃肠蠕动,使粪便在结肠内停留时间缩短。因此食用芒果对防治结肠癌很有裨益。

芒果中所含的芒果甙有祛痰止咳的功效,对咳嗽痰多气喘等症有辅助治疗作用。

芒果最宜鲜食,味似桃杏和菠萝。芒果树的鲜嫩叶还可当蔬菜食用,用其叶芽焖米饭,可使稻香添清香。

芒果不宜过多食用,否则对肾脏有害。肾炎病人忌食。

芒果冻

【原料】芒果 2 个,牛乳 100 克,白糖 30 克,琼脂 3 克。

【制作】将琼脂用开水泡软,再煮化。将芒果榨汁。将牛乳放入锅中,煮开后加白糖,至白糖溶化,离火晾凉,加入琼脂、芒果汁,搅匀,倒入容器中,置冰箱内冷冻即成。

【功用】养颜健肤,滋补强身。

神仙芒果露

【原料】芒果 2 只(约 600 克),鲜虾仁 150 克,鸡脯肉 150 克,鲜汤 1 500 克,鸡蛋 2 只,咸蛋黄 1 只,香菜 5 克,淀粉 5 克,精盐 5 克,味精 1 克,胡椒粉 2 克,麻油 1 克,植物油 10 克,生姜汁、黄酒各适量。

【制作】将芒果洗净去皮后取果肉切成小粒,鲜虾仁、鸡脯肉斩成茸待用。把鸡蛋打碎后放些盐、淀粉水搅匀,置笼上蒸熟成蛋糕,咸蛋黄上笼蒸熟后取出待用。炒锅置火上,加入鲜汤,烧开后放入鲜虾茸、鸡脯茸及芒果粒,搅匀后调味,然后打浓芡,倒入汤盆内,撒上胡椒粉。取鸡蛋糕,切成长方形薄片,并逐片轻轻地摆入汤盆内的露上面,由长至短摆成梯形的假山,假山下面撒入切碎的香菜。再取咸蛋,用刀切一薄圆片,摆在露面的假山后,成初升的太阳,然后撒上几滴麻油即成。

【功用】养颜健肤,益胃止呕,滋阴生津,定眩止晕。

芒果鸡 ᏋᏔᏋᏇ

【原料】芒果1个,鸡脯肉250克,鲜蘑菇20克,笋片20克,胡萝卜片20克,鸡蛋清2个,生姜、葱、湿淀粉、麻油、胡椒粉各适量。

【制作】将鸡脯肉切片,用鸡蛋清、湿淀粉拌匀。芒果去皮核,肉切条。鲜蘑菇、笋片、胡萝卜用开水焯透,沥干。炒锅置火上,放油烧热,将鸡脯片下入至八成熟,捞出沥干。锅留底油,放葱花、生姜、鲜蘑菇片、胡萝卜片炒几下,放入鸡脯肉、芒果,撒上麻油、胡椒粉,勾芡即成。

【功用】养颜健肤,滋阴生津,益胃止晕。

芒果烧鸡柳 ᏋᏔᏋᏇ

【原料】青芒果250克,鸡肉500克,番茄1个,洋葱1个,蒜头1瓣,淀粉、精盐、白兰地酒、胡椒粉、牛油、蚝油、白糖、植物油各适量。

【制作】将芒果洗净,去皮切片。洋葱切块。蒜去皮拍烂。番茄洗净,切成角块,将鸡肉洗净,切成块,放入碗内,加入淀粉拌匀。炒锅置火上,放油烧热,投入洋葱,炒出香味时,放入蒜茸、鸡肉炒匀,加入白兰地酒、牛油、白糖、蚝油、胡椒粉、精盐,倒入芒果、番茄,加入清水,然后用手勺轻轻搅几下,待煮熟后出锅,倒入盘内即成。

【功用】养颜健肤,健脾养胃,补益气血,生津止渴。

芒汁烧草鱼

【原料】八成熟的芒果 2 只(约 400 克),鲜活草鱼 1 条(重约 1 000 克),清水笋 30 克,水发香菇 30 克,植物油 500 克(实耗约 50 克),葱头 8 克,姜 2 克,蒜 30 克,糖 1 克,酱油 10 克,鲜汤 100 克,黄酒 2 克,味精 3 克,干淀粉、湿淀粉、精盐各适量。

【制作】将鱼去鳞、内脏、鳃,洗净后,在鱼身的两侧剞上牡丹花刀。芒果去皮,取肉切成丁,香菇、清水笋切成丁,葱、生姜、蒜切粒。炒锅置火上,放油烧至五成热,将鱼抹上少许精盐后裹上生粉,投入油锅炸至熟透后即可捞出沥干油上碟。将锅内的热油倒出,留少许底油,逐次放入姜、葱、蒜、香菇丁、清水笋丁、黄酒、酱油、精盐、味精、鲜汤,烧开调好味后注入芒果丁,用湿淀粉勾芡,淋上麻油,浇在鱼身上即成。

【功用】养颜健肤,健脾益胃,解渴利尿。

软炸芒果

【原料】八成熟的芒果 9 只(重约 1 500 克),鸡蛋清 2 只,面粉 100 克,精盐 5 克,发酵粉 15 克,植物油 800 克(实耗 50 克),番茄花 1 朵,淀粉、番茄酱、香菜各适量。

【制作】 将芒果洗净去皮,片下芒果肉,然后切成条,撒上淀粉。鸡蛋清、面粉和发酵粉加少量的清水、精盐调成蛋清糊待用。炒锅置火上,放油烧至五成热,将芒果条逐一裹上蛋糊,下油锅炸至芒果条上的蛋清糊熟即捞出,待油温回升到七成热,再倒入油锅复炸一次,炸到淡黄色时即可捞出,沥干油后上碟,把芒果条摆整齐,用番茄花及香菜点缀一下,蘸番茄酱食用。

【功用】 养颜健肤,益胃止呕,解渴利尿,定眩止晕。

荔　枝

　　荔枝为无患子科常绿植物荔枝的果实,又名丹荔、火山荔、丽支、勒荔、荔支等。荔枝原产我国南方,以福建、广东、海南、广西、四川等省区为多。荔枝贵在新鲜,有"一日色变,二日香变,三日味变"之说。荔枝在选购时,除要正确识别品种外,要求果实全红鲜艳,个大核小,肉厚洁白似水晶,汁多味甜,入口清香,果皮不破。凡过熟或接近腐败的果实,大都色泽褐变,外壳软瘪,果汁渗溢,肉质混白,口味不正。

　　荔枝果呈心脏形或圆形,果皮具有鳞斑状突起,颜色鲜红、紫红、青绿或青白色。荔枝甘甜味美,营养丰富,每100克可食部分中含有水分81.9克、蛋白质0.9克、脂肪0.2克、膳食纤维0.5克、碳水化合物16.1克、钙2毫克、磷4毫克、铁0.2毫克、锌0.02毫克,还含有胡萝卜素10微克、维生素 B_2 0.02毫克、维生素C1毫克,以及柠檬酸、苹果酸、果胶、氨基酸等物质。

　　荔枝性温,味甘酸,具有滋养益心、填精髓、养肝血、止烦渴、益颜色、解毒止泻等功效。适用于身体虚弱,病后津液不足、胃寒痛、疝气痛、痘疹、淋巴结核、疔疮等。

　　荔枝核提取液具有胶原酶抑制作用,可促进胶原蛋白生成,对弹性蛋白酶有抑制作用,可使皮肤的保湿性增强,使皮肤的 pH 值趋向正常化,可提高肌肤的健康程度。另外,荔枝核提取液不会刺激皮脂腺过度分泌,可使皮肤显得清爽而不油腻。

　　鲜荔枝可以鲜食,但它十分娇嫩,极易腐烂,故常以人工干制法制成荔枝干食用。此外,还可加工成荔枝罐头、荔枝酱、荔枝酒等,也可与其他荤食素食品配制成各式菜肴。

过食荔枝后容易发生荔枝病。患者轻则恶心、四肢无力;重则头晕、昏迷,多在半夜或清晨发病,起初头晕、出汗、四肢发凉、面色苍白、疲乏无力、心跳加快,并在饥饿口渴后伴有腹痛腹泻。病情严重者几分钟后即可昏迷、痉挛。更为严重者可有呼吸不规则、面色清灰、皮肤发紫等症状,抢救不及时可有生命危险。因此,发生荔枝病时要及时补充葡萄糖,病情轻可口服糖水或葡萄糖水,重者应静脉注射葡萄糖。荔枝病在医学上称为突发性低血糖症,乃因荔枝中果糖含量高,食后使人体血液中葡萄糖的含量相对降低的缘故。另外,荔枝中还含有降低血液葡萄糖含量的物质,从而使人出现低血糖症。过食荔枝对牙齿也有害处。荔枝生长在炎热之地,多食则生内热,加之荔枝中糖分含量高,黏性大,易附着于牙齿表面,可被口腔细菌利用,使牙齿脱钙,并使无机物分解,形成疼痛难忍的龋齿。

荔枝酒

【原料】荔枝 500 克,陈米酒 500 克,白糖适量。

【制作】将荔枝放入陈米酒中,加白糖搅拌均匀,浸泡 7 天后即成。

【功用】养颜健肤,补血益气。

荔枝蜜

【原料】荔枝 500 克,蜂蜜 300 克。

【制作】将荔枝洗净,榨汁。取炒锅置火上,放入荔枝汁、蜂蜜煮熟后,晾凉,置于瓶中,放入冰箱中冷冻即成。

【功用】养颜健肤,通神益智,悦色润肤。

荔枝冻

【原料】鲜荔枝 15 克,白糖 50 克,鸡蛋 1 个,精盐适量。

【制作】将荔枝去皮和核,加白糖拌匀,取碗,放入鸡蛋清和精盐,抽打起泡,放入荔枝肉中,搅拌均匀,盛入盘中置冰箱冷冻即成。

【功用】养颜健肤,清火润肺。

荔枝猪肉

【原料】荔枝 30 枚,猪五花肉 200 克,荸荠 40 克,鸡蛋 2 个,葱花、精盐、味精、淀粉、白糖、醋、番茄酱、面粉、面包末各适量。

【制作】将荔枝洗净,去皮和核。鸡蛋打入碗中。将五花肉和荸荠洗净,切成泥,加入精盐、味精、淀粉搅拌成为馅料,放入荔枝中,再挂上一层面粉、一层蛋液、一层面包末。炒锅置火上,放油烧热,放入挂匀的荔枝,炸至金黄色后捞出。锅留底油,下入番茄酱、精盐、白糖、醋和适量水,勾芡,将炸好的荔枝投入,翻炒几下即成。

【功用】养颜健肤,滋阴生津。

炸荔枝

【原料】荔枝 30 颗,莲茸 100 克,核桃仁 50 克,植物油 700 克(实耗约 70 克),发酵粉 1 克,面粉 50 克,淀粉 50 克,精盐、番茄酱各适量。

【制作】将发面粉、发酵粉、淀粉、精盐、植物油和清水混合,轻轻搅匀,自然发酵 4 小时后制成脆浆。在使用前 20 分钟,加入 10 克碱水使之中和待用。荔枝除去皮壳、果核,保持果肉的完整,核桃仁炸酥,研成细末,与莲茸拌和成馅,分为 30 份,分别镶入果肉内。炒锅置旺火上,放油烧至八成热,将荔枝蘸淀粉,再抹一层脆浆,下锅炸至金黄色时,捞出,装盘,用番茄酱蘸食。

【功用】养颜健肤,益心健脾。

荔枝鲳鱼

【原料】鲳鱼 1 尾,鲜荔枝 50 克,精盐、白糖、醋、黄酒、胡椒粉、淀粉各适量。

【制作】将鲳鱼开膛洗净,斩去头尾,片下鱼肉,并在鱼肉上刻上花刀,然后先用湿淀粉拌匀,再扑上干淀粉。鲜荔枝去皮和核,一剖为二。炒锅置火上,放油烧热,下入鲳鱼,炸酥捞出,控油,装盘。炒锅上火,放油烧热,加入精盐、白糖、黄酒搅拌均匀,烧开后,加入醋,勾芡,浇在鲳鱼身上,再撒上胡椒粉,放上荔枝即成。

【功用】养颜健肤,滋阴益心,健脾利水。

香荔滑鸡球 ❧

【原料】净鸡肉 300 克,鲜荔枝肉 200 克,水发香菇 25 克,鸡蛋清 1 个,葱段、生姜片、胡椒粉、麻油、黄酒、湿淀粉、芡汤各适量。

【制作】将鸡肉切成鸡肉球,盛入碗中,先用鸡蛋清后用湿淀粉拌匀。将鸡汤、湿淀粉、麻油、胡椒粉调成芡汁。炒锅置火上,放油烧至五成热,放入鸡肉球拉油,至刚熟时倒出。锅内放入葱、生姜、香菇、荔枝肉、鸡肉球,烹入黄酒,用湿淀粉勾芡,淋油炒匀即成。

【功用】养颜健肤,消除疲劳。

荔枝烧葱 ❧

【原料】荔枝 15 克,葱白 150 克,羊肉 30 克,海米、白糖、酱油、蒜、精盐、醋各适量。

【制作】将葱白切段,入油锅中炸至金黄色时捞出,再入开水中烫一下。羊肉洗净切丝,荔枝洗净。炒锅置火上,放油烧热,下入葱段、蒜煸香,再放入肉丝煸熟,下调料、白糖、葱段,翻炒几下盛出。取碗,葱垫底,放入荔枝、肉丝,置笼上蒸 10 分钟后取出。炒锅置火上,放汤、海米,浇上葱即成。

【功用】养颜健肤,健脾养肾。

荔枝炖乳鸽 ❧

【原料】净乳鸽 2 只,鲜荔枝 50 克,番茄 250 克,香菜 15 克,生姜片 15 克,葱白 15 克,鸡蛋清 15 克,精盐、麻油、植物油、白糖、酱油、黄酒、干淀粉各适量。

【制作】将番茄洗净,横刀切成 0.5 厘米厚的圆形片,共 12 件,排在碟中,撒上白糖,粘上已搅匀的鸡蛋清,再撒上干淀粉。鲜荔枝肉洗净捣烂,用纱布搅汁。将乳鸽洗净,用黄酒和酱油擦匀鸽身,腌约 3 分钟。炒锅置中火上,放油烧至五成热,放入乳鸽炸约 2 分钟至暗红色,倒入漏勺中。锅炒置火上,加生姜、葱爆香,下乳鸽煸炒,烹入黄酒,加味精,加盖,再炖至熟,取出乳鸽,将锅中原汁浓缩至 100 克左右,加入植物油、麻油调匀,盛起留用。将每只乳鸽从中劈为两半,每半再切为 6 块,共 24 块,在碟上再摆成双鸽原形。炒锅置中火上,放油烧至五成热,放入番茄炸至皮脆时取出,摆在鸽四周,香菜放番茄片中间,再将原汁淋在鸽身上即成。

【功用】养颜健肤,滋补强身。

荔枝煎鹅脯

【原料】鹅脯肉 400 克,荔枝肉 250 克,虾片 15 克,鸡蛋清 75 克,柠檬汁 150 克,麻油、黄酒、干淀粉、精盐、植物油适量。

【制作】将鹅肉切成片,用刀背将两面捶松,用黄酒、精盐腌制后,加入鸡蛋清拌匀,再拌入干淀粉。炒锅置旺火上,放油烧热,下鹅脯肉煎至金黄色。虾片用油炸至膨松。将鹅脯肉放碟上,另锅烹黄酒,加柠檬汁、湿淀粉、麻油拌匀,淋在鹅脯肉上,荔枝肉放两旁,虾片伴边即成。

【功用】养颜健肤,清补养颜。

荔荷炖鸭 ❧

【原料】净鸭1只,荔枝肉250克,鲜荷花2朵,瘦猪肉、熟火腿,生姜、精盐、葱、黄酒、味精各适量。

【制作】将鸭洗净。荔枝肉一切为二。荷花洗净,掰下花瓣,叠放。火腿切粒。猪肉切块。荷花略烫后,捞出,再将鸭焯1分钟,取出去绒毛。放入火腿、猪肉稍焯,捞出控干。取炖盅,放入火腿、猪肉、鸭、葱、生姜,倒入原汤、鲜汤,蒸30分钟后取出,放入荔枝肉、荷花,再炖15分钟即成。

【功用】养颜健肤,滋阴生津,美容养颜。

荔枝炒鱼球 ❧

【原料】荔枝12颗,青鱼1条,鸡蛋清1/2个,生姜末、葱段、黄酒、白糖、精盐、味精、淀粉、麻油、胡椒粉各适量。

【制作】将荔枝除去皮壳、核。将鱼宰杀,顺背骨两边剖开,起出鱼肉,去鱼皮,将鱼肉改切成长方件,并用精盐、鸡蛋清拌匀,下热油锅中炸至六成熟时取出,控油。原锅放入生姜、黄酒,加入胡椒粉、味精、精盐、麻油、六成熟的鱼肉、荔枝、葱段,加盖烧熟,用湿淀粉勾芡,淋上热油即成。

【功用】养颜健肤,养阴补气,驻颜美容。

葡 萄

葡萄为葡萄科落叶木质藤本植物,又各蒲桃、李桃、蒲陶、山葫芦、草龙珠等。葡萄原产黑海和地中海沿岸,从埃及出土的古代壁画和雕刻文物中发现,种植葡萄和用葡萄酿酒至少已有 5 000 余年的历史。我国栽培葡萄也有 2 000 余年。葡萄历来被视为珍果,名列世界四大水果之首。他的家庭庞大,品种繁多,全世界共有 8 000 多个栽培品种。

葡萄历来被视为珍果,名列世界四大水果之首。葡萄是一种营养价值较高的水果,每 100 克可食部分中含有水分 88.7 克、蛋白质 0.5 克、脂肪 0.2 克、膳食纤维 0.4 克、碳水化合物 9.9 克、钙 5 毫克、磷 13 毫克、铁 0.4 毫克、锌 0.18 毫克,还含有胡萝卜素 50 微克、维生素 B_1 0.04 毫克、维生素 B_2 0.02 毫克、尼克酸 0.2 毫克、维生素 C25 毫克,以及有机酸、卵磷脂、氨基酸、果胶等成分。

专家发现,葡萄的果肉、果汁和种子内都有许多天然营养成分。首先,葡萄子包含丹宁以及富含必需脂肪酸的油脂,而后者对肌肤极具柔软及保湿功能。其次,葡萄果肉是最佳的有效成分来源,因为它包含了新陈代谢不可或缺的水溶性 B 族维生素、糖分、钾、钙、磷、镁等维生素及矿物质成分,以及许多让有机组织正常运作的微量成分。其实葡萄最精华的营养在于外层果皮及每串葡萄的果柄,也就是多酚含量最多的部分。经实验证明,葡萄多酚可以在各种自由基的连锁反应中发挥作用，并能有效捕捉和降低自由基的形成。葡萄多酚是一种防御自由基产生相当有效的元素，当抗氧化剂于某种程度上无法作用时，便会由一连串的连锁反应产生自由基，大多数的抗氧化剂只能阻挡某种程度的自由基，然而葡萄多酚的抗氧化功能远比维生素 E、维生素 C 高出数十倍，而且在这些连锁反应的每个阶段中都具有功效，其活效的微成分可主导这样的反击，提供完整的防护作用。

葡萄性平，味甘酸，具有补气血、强筋骨、利小便等功效。适用于气血虚弱、肺虚咳嗽、心悸、盗汗、风湿骨痛、淋病、小便不利等。

葡萄中的有机酸类和果胶能抑制肠道细菌繁殖，并对肠道有收敛作用。

有专家研究发现葡萄等水果可治疗不育。有些水果，如西瓜、葡萄、番茄和某些贝壳类动物体内发现的番茄红素，可以增加不育男性的精子数量。

葡萄中含单糖不仅可促进消化，且有保肝作用。葡萄中含有天然聚合苯酚，能与细菌或病毒中的蛋白质化合，使之失去传染疾病的能力。葡萄有抵抗病毒的能力。葡萄中富含钾盐，含钠量低，有利尿作用。它含丰富的葡萄糖及多种维生素，对改善食欲、保护肝脏、减轻腹水和下肢浮肿的效果明显，还能提高血浆白蛋白浓度，降低转氨酶。葡萄中的葡萄糖、有机酸、氨基酸、维生素的含量很丰富，对大脑神经有补益和兴奋作用，对防治肝炎伴有神经衰弱和疲劳有一定效果。肝炎多伴食欲差，葡萄含多量果酸能帮助消化。

葡萄虽好，但多食会使人烦闷、眼暗，并可引起泄泻，故不宜过多食用。

葡萄什锦饭

【原料】葡萄干 50 克,樱桃 25 克,熟莲子 25 克,糯米 500 克,红枣 25 克,桂圆肉 25 克,熟花生仁 25 克,芡实 25 克,柿饼 25 克,白糖、湿淀粉、植物油各适量。

【制作】将葡萄干洗净去蒂。柿饼切成小块。糯米淘洗干净,用水浸泡后放在纱布上,置笼上用旺火蒸熟后取出,然后倒入盆中,加入白糖、植物油及少量开水,搅拌均匀。取大碗一个,在碗内抹上一层油,将葡萄干、莲子、红枣、花生仁、芡实、柿饼、樱桃一起装入碗内,拼成花样图案,然后放入糯米,置笼上蒸熟,随后取出,扣入大盘内。炒锅置火上,放入开水、白糖煮沸,用湿淀粉勾芡,淋上热油,起锅后浇在葡萄什锦饭上即成。

【功用】养颜健肤,双补气血。

葡萄冻

【原料】葡萄 1 000 克,白糖 100 克,食醋 100 克,精盐 25 克,胡椒适量。

【制作】将葡萄用醋浸一下,再洗净,放入容器中。将白糖、醋、精盐放入清水中煮开 10 分钟,冷却倒入盛葡萄的容器内,再隔水蒸 5 分钟,晾凉后,放入冰箱内冷冻。

【功用】养颜健肤,帮助消化,补益气血。

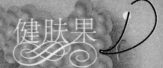

葡萄蜜汁藕

【原料】葡萄 250 克,鲜藕 350 克,糯米 100 克,猪网油 1 张(重约 50 克),蜂蜜 250 克,冰糖、桂花卤、食碱各适量。

【制作】先选用粗节大藕,切去一端的藕节,洗净孔中的泥沙,控净水后待用,葡萄用冷开水洗净,糯米淘洗干净,晾干水分。由藕的一头切开,将米灌满,最后将切开处用刀把轻轻地砸平,以防漏米。取沙锅,加清水煮灌好米的藕,用旺火烧开后,盖好盖,移到小火上煮,待煮至五成熟时,在水中加入少许食碱,继续煮烂为止,待藕变红色,捞出晾凉,削去藕的外皮。扣碗底垫入网油,再把藕修去两头,切成 3 毫米厚的圆片,成 3 排码入碗内,加入蜂蜜、冰糖、桂花卤,再盖上网油,置笼上用旺火蒸,待糖完全溶化后取出,翻在盘内,去掉网油渣、桂花卤渣,四周放上葡萄即成。

【功用】养颜健肤,养心除烦,益血开胃,清热止渴。

炸葡萄干

【原料】葡萄干 150 克,鸡蛋清 150 克,牛乳 500 克,面粉 250 克,植物油 750 克(实耗约 35 克),白糖适量。

【制作】将鸡蛋清放入小盆内,加入面粉、白糖、牛乳,调成面糊。将择净的葡萄干放入面糊内拌匀。炒锅置火上,加入植物油烧热,然后先将铁铲放在油锅内烧热,再用勺舀拌匀的面糊葡萄干浇到烧热的铲子上,随后放入油锅内炸成脆薄片即成。

【功用】养颜健肤,补益气血。

葡汁乳鸽 ✤

【原料】葡萄酒200克,肥嫩光鸽4只,苹果1个,鲜葱50克,鲜生姜50克,精盐、味精、白糖、蒜头、黄酒、胡椒粉、洋葱、鲜汤、麻油、植物油各适量。

【制作】将光鸽除尽细毛,洗净,剖开脊背,摘除内脏,剁去脚爪,再洗净,然后放入沸水锅内稍焯,捞出后放入垫好竹垫的沙锅内。将洋葱、鲜葱、鲜生姜、蒜头去皮后洗净,用刀面拍碎。炒锅置火上,放油烧热,下蒜头、洋葱、鲜葱、生姜煸炒至呈淡黄色,加入黄酒、鲜汤,用旺火烧片刻后,捞出蒜头、洋葱、鲜葱、生姜,再加入白糖、胡椒粉、精盐、味精,用手勺搅匀后,倒入沙锅内。苹果洗净去皮,切成块,放入沙锅内,加上锅盖,用小火慢炖,待鸽肉酥烂后,取下沙锅,连汤一起倒入铁锅内,加入葡萄酒,用旺火收浓汤汁,淋上麻油,装入盆内即成。

【功用】养颜健肤,补益肝肾,益气养血。

葡萄蜜饯 ✤

【原料】葡萄500克,白糖500克。

【制作】将葡萄洗净,去皮、核。炒锅置火上,放入清水、白糖,小火煮开后,加入葡萄熬煮,不断地搅拌,以免煳锅。

【功用】养颜健肤,消热止咳。

猕 猴 桃

　　猕猴桃为猕猴桃科落叶木质藤本植物猕猴桃的果实,又名藤梨、羊桃、毛梨、绳梨等。猕猴桃原产我国,其果实大的如鸡蛋,小的如鸽蛋,外表绒毛丛生,剥去外皮后,清香诱人,果实绿似翡翠,酸甜爽口。原来多为野生,现已有人工栽培。因其形如桃,猕猴喜食,故名猕猴桃。买回来的猕猴桃不能堆放在一起,否则极易软化,应在室内阴凉、干燥、通风处摊开,并捡出开始变软的果实食用。

　　猕猴桃每 100 克可食部分中含有水分 83.4 克、蛋白质 0.8 克、脂肪 0.6 克、膳食纤维 2.6 克、碳水化合物 11.9 克、钙 27 毫克、磷 26 毫克、铁 1.2 毫克、锌 0.57 毫克,还含有胡萝卜 0.13 毫克、维生素 B_1 0.05 毫克、维生素 B_2 0.02 毫克、尼克酸 0.3 毫克、维生素 C 62 毫克,以及猕猴桃碱等成分。猕猴桃是一种美容保健水果。其丰富的维生素 C 含量,使很多水果都望尘莫及。维生素 C 不仅能增强体质、预防感冒,而且对美丽容颜,防止雀斑、黑斑、延缓皮肤老化等都非常有益。

　　猕猴桃性味甘酸而寒,具有解热止渴、利尿通淋、和胃降逆等功效。可治烦热、消渴、黄疸、石淋、痔疮等。

　　我国医学研究人员给接受放疗的肿瘤患者服用猕猴桃果汁,病人反映饮用后能增进食欲。与不服用猕猴桃果汁的放疗病人对比,血色素和白细胞的下降明显减少,消化道副反应也明显减轻。猕猴桃果汁对小鼠实验性肝损伤具有较明显的组织保护作用。临床观察可见肝炎患者服用猕猴桃果汁后,自觉症状及体征有改善,这可能与组织保护作用有关。

猕猴桃除了鲜食外,还可加工成果汁、果酒、果干、果脯、果酱、果粉、罐头、糖果、点心等。也可作配料制成美味佳肴。

猕猴桃性寒,不宜多食,否则会冷脾胃、易泄泻。凡脾胃虚寒者应慎食,先兆性流产、月经过多和尿频者忌食。

猕猴桃酱

【原料】猕猴桃 500 克,白糖 250 克。

【制作】将猕猴桃洗净,去皮和核,切碎。炒锅置火上,放水加糖,待开后放入猕猴桃肉,煮至猕猴桃肉成酱时离火,趁热放入容器中,封上口。

【功用】养颜健肤,调中解烦。

冰糖猕猴桃

【原料】猕猴桃 250 克,冰糖适量。

【制作】将猕猴桃洗净,去核,切成块,置于碗中,放入冰糖,置笼上蒸至猕猴桃肉熟烂,取出即成。

【功用】养颜健肤,解热止渴,和胃降逆,防老抗衰,防癌抗癌。

蜜饯猕猴桃

【原料】猕猴桃 500 克,蜂蜜 100 克。

【制作】将猕猴桃洗净切成丁,放入锅内,加水适量,小火煮至八成熟时,加入蜂蜜再煎煮至熟透,收汁,待冷,装瓶即成。

【功用】养颜健肤,滋补强身,防癌抗癌。

糖渍猕猴桃

【原料】猕猴桃250克,白糖100克,蜂蜜50克,柠檬汁少许。

【制作】将猕猴桃洗净去皮,去核,沥干。锅中加糖、蜂蜜、柠檬汁,上火,将猕猴桃放入锅内,煮至猕猴桃呈深黄色,晾凉置容器中封存即成。

【功用】养颜健肤,增进食欲。

猕猴桃鱼片

【原料】猕猴桃500克,鱼肉250克,鲜笋25克,火腿25克,鸡蛋清1/2个,白糖、精盐、黄酒、淀粉各适量。

【制作】将猕猴桃洗净去皮,切片。鱼肉去皮,切片,放入碗里,加精盐、黄酒抓匀。鲜笋、火腿均切成比鱼片小的片。炒锅置火上,放油烧热,下入鱼片,划散,倒入猕猴桃片,捞出沥干。原炒锅置火上,下入笋片、火腿片炒几下,加鲜汤、白糖、猕猴桃片、鱼片,翻几下,勾芡,淋上热油即成。

【功用】养颜健肤,养阴补虚,生津止渴。

石　榴

　　石榴为石榴科植物石榴的果实,又名安石榴、丹若、西安榴、钟石榴、酸石榴、安息榴等。石榴原产伊朗,西汉时传入我国。石榴以果个大,匀称,皮红,子大,子甜,子软,肉厚者为好。石榴有甜、酸之分,购买时要特别注意。甜石榴果形不正,果皮粗糙,果顶萼片较狭小,并合拢。酸石榴果形规整,果皮光亮,萼片多数阔大,并向外开张。

　　石榴中含有较为丰富的营养物质,每 100 克可食部分中含有水分 78.6 克、蛋白质 1.8 克、脂肪 0.1 克、膳食纤维 4.9 克、碳水化合物 14.5 克、钙 16 毫克、磷 70 毫克、铁 0.2 毫克、锌 0.19 毫克,还含有维生素 B_1 0.05 毫克、维生素 B_2 0.03 毫克、维生素 C 13 毫克,以及苹果酸、柠檬酸等成分。石榴有美容健肤的作用,每晚睡前取几粒石榴子挤出汁水,拍于面部手部,可祛斑美容。

　　石榴性味甘酸温涩,具有生津止渴、涩肠、止血、杀虫等功效。

　　经常饮用石榴汁,可减少已沉积的氧化胆固醇。石榴汁在抵抗心血管疾病的临床效果上非同寻常,是一种比红酒、番茄汁、维生素 E 等更有效的抗氧化果汁。石榴有明显的收敛作用,能够涩肠止血,加之具有良好的抑菌作用,所以是治疗腹泻、出血的佳品。石榴汁的多酚含量比绿茶高得多,是抗衰老和防治癌瘤的超级明星,对大多数依赖雌激素的乳腺癌细胞有毒性,但对正常细胞基本没影响。

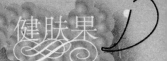

石榴不仅能鲜食,也可加工成清凉饮料,用来酿酒则别具风味。也可作配料制成为粥、羹、菜肴等美食。

石榴性温涩,泻痢初起及有实火实邪者忌食。另外,过食石榴者易损肺气、伤齿、生痰涎。

石榴皮蜜膏

【原料】鲜石榴皮 1 000 克(干品 500 克),蜂蜜 250 克。

【制作】将石榴皮切碎,沙锅加清水煎煮取汁两次,小火浓缩至稠黏时,加蜂蜜,搅匀至停火,冷后装瓶。

【功用】养颜健肤,涩肠止泻,杀虫止血。

石榴汁鸡尾酒

【原料】石榴汁 15 克,低度白酒 15 克,米酒 15 克,鲜柠檬汁 5 克,樱桃 1 个,鸡蛋清 1 个,冰块 2 个。

【制作】将低度白酒、米酒、石榴汁、鸡蛋清、鲜柠檬汁放入容器中,再加入冰块,用筷子搅动,使酒液产生泡沫,滤进杯内,将樱桃再放进杯中点缀即成。

【功用】养颜健肤,生津止渴,醒脾开胃。

石榴烤鸡

【原料】净仔鸡 2 只(重约 500 克),鲜石榴子 250 克,面包

250 克,鸡蛋 75 克,奶油 100 克,植物油适量。

【制作】将仔鸡洗净控干。石榴子拌匀,放在鸡膛里,将鸡腿与刀口缝紧,用钎子串起来,抹上奶油,在炭火上烤熟。面包去壳切片,粘上鸡蛋糊,用热油炸至金黄,配石榴烤鸡同吃。

【功用】养颜健肤,滋阴补虚。

石榴虾仁

【原料】鲜石榴 2 个,虾 200 克,鸡蛋清 1/2 个,黄酒、精盐、味精、淀粉各适量。

【制作】将石榴去皮,取出石榴粒。虾去壳,虾肉用清水洗净,沥干,用精盐、味精、鸡蛋清搅拌。炒锅置火上,放油烧热,下入虾仁划散,捞出。锅内留底油,倒入虾仁,烹入黄酒,加入石榴粒,炒匀即成。

【功用】养颜健肤,助阳生津。

柿 子

柿子为柿科柿属落叶乔木柿树的果实,又名猴枣、米果等。我国是柿子的故乡,品种繁多,据统计约有 1 000 种之多,可分为甜涩两大类,并有家种、野生之分。鲜柿买回后,放在室内阴凉、干燥、通风处,会逐渐后熟软化,而一经软化脱涩后便不能再保存,否则,容易酸败变质。无论熟软柿还是硬软柿,都可放在冰箱冷冻层内冷冻保存数月之久,色泽、风味品质不变。

柿子具有丰富的营养价值,每 100 克可食部分中含有水分 80.6 克、蛋白质 0.4 克、脂肪 0.1 克、膳食纤维 1.4 克、碳水化合物 17.1 克、钙 9 毫克、磷 23 毫克、铁 0.2 毫克、锌 0.08 毫克,还含有胡萝卜素 0.12 毫克、维生素 B_1 0.02 毫克、维生素 B_2 0.02 毫克、尼克酸 0.3 毫克、维生素 C30 毫克等营养成分。

柿子性寒,味甘温而涩,具有清热止渴、润肺化痰、健脾涩肠、凉血止血、平肝降压、镇咳等功效,适用于热渴、咳嗽、吐血、口疮、痔疮、肿痛、肠出血等。

柿子富含果胶,它是一种水溶性的膳食纤维,有良好的润肠通便作用,可以排毒养颜,保持皮肤的靓丽。慢性支气管炎、高血压、动脉硬化、内外痔疮患者宜常食柿子。柿叶有促进机体新陈代谢、降低血压、增加冠状动脉血流量及镇咳化痰的作用。

柿子除鲜食外,还可制成柿饼、柿酒、柿醋等;也可作为制作粥、羹、糕、饼、冷饮、菜肴的原料。

柿子中含有大量的柿子酚、可溶性收敛剂、果胶等,这些成分遇酸会凝成不溶性硬块,小者如枣核,大者似鸡蛋,滞留胃内难以消化排出,形成"胃柿石症",患者会感到心口痛、恶心、呕吐。如果小块的柿石不能排出,会随着胃蠕动而聚积成较大的团块,将胃的出口堵住,胃内压逐渐升高,引起胃部胀痛,如原来患有溃疡病,可引起出血甚至穿孔。因此,柿子不宜空腹吃,一次不要吃得太多,吃柿子后不要进食酸性食品,不成熟的柿子忌食。

柿子冰淇淋

【原料】柿子 3 个,香草冰淇淋 100 克。

【制作】将柿子洗净,去蒂,然后挖出柿瓤,填入冰淇淋即成。

【功用】养颜健肤,消热解毒。

柿饼糯米蒸饭

【原料】柿饼 50 克,糯米 250 克,白糖 50 克。

【制作】将柿饼切成小方丁待用。糯米与柿饼和匀置饭盒内,掺入清水适量,再置笼上蒸约 40 分钟,取出后加糖食用。

【功用】养颜健肤,健脾益胃,降逆止呕。

柿饼饭

【原料】柿饼 100 克,粳米 250 克。

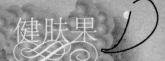

【制作】将柿饼洗净,去蒂,切碎。将粳米洗净,放入饭碗中,加入柿饼粒,用手拌匀,再加入清水,煮成干饭即成。

【功用】养颜健肤,养胃止呕,健脾止泻。

柿糕

【原料】软柿子3个,糯米粉500克,枣泥适量。

【制作】将柿子洗净,去皮取浆。将糯米粉放入盆中,加入柿浆、枣泥及清水,拌和揉匀,摊在笼布上,置笼上蒸熟后取出,切成长条(或方块)即成。

【功用】养颜健肤,益气健脾,止泻止血。

枣柿饼

【原料】柿饼30克,红枣30克,山萸肉10克,面粉100克,植物油适量。

【制作】将柿饼去蒂切成块,红枣洗净去枣核,与山萸肉一同放入盆内捣碎,拌匀,放入锅内烘干,研成细粉,再将细粉放入盆内,加入面粉和清水适量,调和后制成小饼。锅烧热,放入少许植物油滑锅,将小饼放入锅内烙熟即成。

【功用】养颜健肤,通窍健脾,和中益肝。

香脆甜饼 ❧

【原料】 柿饼 250 克,花生米、桃仁各 25 克。

【制作】 将柿饼在炉火上烤软,去蒂。将炒好的花生米、核桃仁塞进柿饼中,然后用一个筷子戳着柿饼,在炉上慢慢烤,待烤出蜜汁即成。

【功用】 养颜健肤,润肺健脾,活血降压。

柿子甜饼 ❧

【原料】 熟透的柿子 500 克,面粉 250 克,白糖适量。

【制作】 将柿子去皮和面粉掺在一起,加适量水,调成稀糊。炒锅置火上,抹一层油,然后,倒入一勺糊摊平,待一面摊好,再摊另一面即成。

【功用】 养颜健肤,润肺化痰。

罗汉果炖柿饼 ❧

【原料】 柿饼 2 个,罗汉果 1 个,冰糖适量。

【制作】 将柿饼洗净,去除柿蒂,切成块。炒锅置火上,放入柿饼、罗汉果、冰糖及清水,旺火煮沸后,改用小火炖约 30 分钟即成。

【功用】 养颜健肤,清肺止咳。

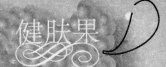

柿饼肉丝 ❧

【原料】柿饼250克,肥瘦肉75克,葱、生姜、精盐、黄酒、味精各适量。

【制作】将瘦肉洗净,切成丝。柿饼去蒂、核,稍洗后切成细条。炒锅置火上,放油烧热,下入葱、生姜煸香,下入肉丝煸炒,放入黄酒、精盐、味精,待肉炒熟后,将柿饼丝倒入,翻炒几下即成。

【功用】养颜健肤,润肺健脾。

柿子桂圆蜜饯 ❧

【原料】柿饼500克,桂圆20枚,党参15克,山药20克,莲子20克,蜂蜜、红糖各适量。

【制作】将柿饼一切为四。桂圆剥皮去核。莲子剥皮去心。党参捣碎。山药去皮切片。取瓷罐,放入柿饼、桂圆、莲子、党参、山药,加入蜂蜜、红糖和水,置火上蒸2小时,晾凉即成。

【功用】养颜健肤,温中益脾。

西　瓜

　　西瓜为葫芦科一年生草本蔓性植物，又名寒瓜、更瓜、水瓜等。西瓜原产非洲撒哈拉沙漠，相传五代时从西域沿丝绸之路传入我国，因来之西方，故名西瓜。西瓜汁甜味美，能消暑解渴，是夏令瓜果中的佳品。西瓜的品质优劣不但取决于品种，更重要的是成熟度。

　　西瓜汁甜味美，是夏令瓜果之王，每 100 克可食部分中含有水分 93.3 克、蛋白质 0.6 克、脂肪 0.1 克、膳食纤维 0.3 克、碳水化合物 5.5 克、钙 8 毫克、磷 9 毫克、铁 0.3 毫克、锌 0.1 毫克，还含有胡萝卜素 0.45 毫克、维生素 B_1 0.02 毫克、维生素 B_2 0.03 毫克、尼克酸 0.2 毫克、维生素 C6 毫克等营养成分。西瓜能美容，有佳物天成之妙。西瓜含水量在水果中是首屈一指的，所以特别适合夏季补充人体水分的损失。吃西瓜不同于喝水或饮料，它对人体不仅仅是水分的补充，西瓜汁中还含有多种重要的有益健康和美容的化学成分。它含瓜氨酸、丙氨酸、谷氨酸、精氨酸、苹果酸、磷酸等多种具有皮肤生理活性的氨基酸，尚含腺嘌呤等重要代谢成分，及糖类、维生素、矿物质等营养物质。西瓜的这些成分，易被皮肤吸收，对面部皮肤的滋润、营养、防晒、增白效果好。

　　西瓜性寒，味甘，具有清热解暑、除烦止渴、利尿消肿、减肥美容等功效。适用于防治暑热烦渴、热盛津伤、小便失利、喉痹、口疮等。近代用于治疗疰夏、中暑、高血压病、肾炎、泌尿系感染、口疮、醉酒等。

西瓜汁中所含的糖、蛋白质和微量的盐,能降低血脂、软化血管,对医治心血管病有疗效。西瓜是很好的"利尿剂",并且无副作用。

西瓜的汁液几乎包罗了很多人体需要的各种营养成分,西瓜所含有的糖、盐类和蛋白酶有降低血压的作用。

西瓜汁中所含的蛋白酶,能把不溶性的蛋白质转化为可溶性的蛋白质,从而增加肾炎病人的营养,故西瓜是肾脏病人的良药。

西瓜中含有的瓜氨酸能够使人体产生氮氧化物,而这种氮氧化物对男性的性能力是一种非常重要的物质,进入人体后所起的作用与化学合成药伟哥大致相似。

番茄中的抗癌物质——番茄红素也存在于西瓜、葡萄等其他水果中。研究人员把口腔癌细胞培养液加进番茄天然色素后,癌细胞很快失去活性,逐渐死亡。

西瓜除鲜食外,还可加工成各种冷饮和食品。如西瓜可绞汁加糖制成西瓜汁、西瓜冻等,还可以加鸡丁、火腿丁、鲜莲子、桂圆、核桃、松子、甜杏仁等制成西瓜盅。西瓜还可以制成各种各样的蜜饯、腌酱瓜、糖瓜子条等。西瓜皮还可以切片、切丝,用于红烧、爆炒、拔丝、凉拌,做泡菜,做汤等。

西瓜毕竟是生冷之品,不可过多食用,尤其是脾虚胃弱中寒之人,更应引起重视。一次吃西瓜的量不宜过多,以防利尿太甚,导致低血钾症。吃西瓜还应注意选择成熟的新鲜西瓜,不要吃腐烂的以及打开过久的西瓜,以防止发生肠道疾病。有许多人买回西瓜后,喜欢放入冰箱冷藏后再吃,以求凉快。然而,冷藏西瓜往往会刺激咽喉,引起咽喉炎或牙痛等不良反应。另外,多吃冷藏西瓜会损伤脾胃,影响胃液分泌,使食欲减退,造成消化不良。特别是老年人消化机能减退,吃后易引起厌食、腹胀痛、腹泻等肠道疾病。同时,唾液腺、味觉神经和牙周神经都会因冷刺激而麻痹,影响味觉。如西瓜需要冷处理一下,冷藏也应以15℃为宜,且不宜超过2小时。

糖醋熘翠衣

【原料】西瓜皮300克,白糖100克,醋50克,精盐3克,鸡蛋清3个,葱花5克,蒜茸5克,湿淀粉50克,干淀粉10克,面粉10克,植物油750克(约耗50克)。

【制作】将西瓜外皮削去留内皮肉,切成2.5厘米宽、4厘米长的片,共20片。把白糖、醋、精盐、葱花、蒜茸、湿淀粉加适量的清水兑成糖醋汁。鸡蛋清、面粉、干淀粉和植物油搅成糊,把瓜片放入抓匀。炒锅置旺火上,放油烧至六成热,逐个下入西瓜片,炸成两面柿黄色时捞出控油。炒锅置旺火上,将兑好的糖醋汁倒入锅内,汁沸时淋上热油,再下入炸好的西瓜片,翻两个身后出锅装盘。

【功用】养颜健肤,清热解暑,生津止渴。

瓜汁三鲜桂鱼卷

【原料】鲜桂鱼1条(重约750克),鲜西瓜汁100克,火腿丝、香菇丝、冬笋丝各15克,葱5克,生姜5克,精盐10克,黄酒8克,味精3克,白糖5克。

【制作】将桂鱼初步加工后洗净,剁去头尾,从中间片开,加适量的黄酒、精盐、味精、葱花、生姜腌制10分钟。再将腌制的桂鱼肉片去皮,切成6厘米长、3厘米宽的段,然后片成0.6厘米厚的薄鱼片,把火腿丝、香菇丝、冬笋丝和鱼片分别用精盐、黄酒、味精腌制15分钟,分别卷成鱼卷。桂鱼头尾分别放在鱼盘的两头,鱼卷放盘中间,形如整鱼,将瓜汁和剩下的调料浇在上面,入笼蒸熟即成。

【功用】 养颜健肤,补益虚劳,益胃杀虫。

西瓜鸭

【原料】 重约2 000克西瓜1个,光鸭1只,黄酒、精盐、味精、葱段、生姜片各适量。

【制作】 将西瓜洗净,在瓜蒂处切开,掏空瓜瓤。鸭子去内脏洗净,切成小块。炒锅置火上,先放入鸭油熬煎,再放入鸭块、葱段、生姜片、精盐、黄酒,炒至八成熟时起锅,倒入西瓜内,加上顶盖,并用湿棉纸封好。西瓜放入大盆内,入笼蒸约1小时即成。

【功用】 养颜健肤,滋阴清热,利水消肿。

酱西瓜皮

【原料】 西瓜皮2 000克,豆瓣酱、精盐各适量。

【制作】 将西瓜皮洗净,削去表皮,切成大片。将西瓜皮放入盆中,加入精盐腌渍半日,再晾干,用豆瓣酱涂抹,然后一层层铺在小缸内,用石块压紧,3天后起出,捋干,摊开晒成瓜脯即成。

【功用】养颜健肤,滋阴清热。

美容西瓜盅 ❧

【原料】重约 2 500 克西瓜 1 个,葡萄 300 克,水发银耳 200 克,番茄 2 个,桃子 2 个,蜂蜜 50 克。

【制作】将西瓜洗净,在 1/6 处削盖,其上下划成齿形,挖出瓜瓤,取汁。葡萄洗净,压榨取汁。番茄、桃子烫一下,撕去皮,切成小片。葡萄汁、西瓜汁与蜂蜜调匀,倾入西瓜盅内,放入银耳、桃肉片、番茄片,加盖后放入冰箱中,吃时取出。

【功用】养颜健肤,清热消暑,润肤美容。

翠衣鳝丝 ❧

【原料】粗鳝鱼肉 500 克,鲜西瓜皮 150 克,鸡蛋清 1 个,植物油 500 克,麻油、葱白、蒜头、干淀粉、黄酒、精盐各适量。

【制作】将鳝鱼肉洗净,用刀批成片,再改刀切成丝,然后用清水漂洗一次,捞起沥水,并用净纱布吸去水分。将西瓜皮洗净,削去外表硬皮,捣成烂泥,用纱布将西瓜汁滤入碗内,加入淀粉制成湿淀粉。鳝丝装入盆中,打入鸡蛋清,加入精盐、淀粉、黄酒,抓匀上浆。蒜头、葱白切成细末。炒锅置火上,放油烧热,放入鳝丝滑油,视色变白后捞出控油。原锅留底油置火上,投入葱、蒜,再放入鳝丝,加瓜皮汁、黄酒、精盐翻炒,用淀粉勾芡,翻炒几下,淋上麻油,起锅装盘即成。

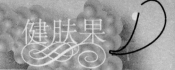

【功用】养颜健肤,补益虚损,祛除风湿。

西瓜冻

【原料】西瓜瓤500克,琼脂50克,白糖100克,桂花、精盐各适量。

【制作】将西瓜瓤去子,用消过毒的纱布包上,用手挤出汁。琼脂洗净,用水泡软,加水烧开,转小火煮至溶化,滤渣。再在西瓜汁内加入琼脂、桂花和白糖50克,用筷子搅匀。炒锅置火上,倒入西瓜汁烧开,盛入碗中,凉后,放入冰箱中冻几分钟后取出。将剩余的白糖放入碗中,加入清水化开,再加入精盐调匀,浇到西瓜冻上即成。

【功用】养颜健肤,清热解暑,生津止渴。

冷冻西瓜杯

【原料】西瓜2个,香蕉3个,苹果2个,杏仁15粒,甜白葡萄酒200克,菠萝罐头300克,白砂糖、黄油各适量。

【制作】将西瓜洗净,切成两半,掏出瓤,即为"西瓜杯"。将西瓜杯放入冰箱中冷冻备用。将香蕉、菠萝各去皮切成小片。西瓜瓤去子,切成碎块。苹果洗净后去皮剔核,切成小块。杏仁放入锅中,用黄油炒熟,去皮后碾碎,将各种原料放在一起,加入白糖,调匀后盛入4个"西瓜杯"内,再将甜白葡萄酒分别放入4个"西瓜杯"中。将"西瓜杯"装入冰箱中冷冻后取出。食用时将玻璃盘内盛入碎冰块,将"西瓜杯"放在冰上即成。

【功用】养颜健肤,清热解暑,养胃生津,润肺止咳。

什锦西瓜盅

【原料】大西瓜1个,罐头莲子100克,罐头荔枝100克,罐头菠萝100克,罐头桃子100克,罐头橘子100克,罐头梨子100克,罐头苹果100克,白糖250克。

【制作】先取干净盛具1个,倒入开水,加入白糖搅拌均匀,晾凉后放入冰箱。将荔枝、菠萝、桃子、梨、苹果切成小块,莲子切成两半。将西瓜洗净,在瓜蒂一侧,横切去一部分,作瓜盅盖用,用汤匙掏出西瓜瓤,剔去瓜子,切成小块,与荔枝、菠萝、莲子、桃子、橘子、梨、苹果一同装入瓜内,加入冰镇白糖水,盖上盘盖即成。

【功用】养颜健肤,清热解暑,养胃生津。

西瓜干贝鸭

【原料】光鸭1只,西瓜1个,干贝25克,笋片25克,火腿片25克,黄酒、精盐各适量。

【制作】将西瓜切去顶盖,将瓤挖空,留壳约0.6厘米厚,不要破裂。鸭子去内脏洗净后剁成小骨牌块。将鸭油入锅中熬煎,随将鸭块等放精盐同炒,至八成熟。将上述原料倾入西瓜内,加顶盖,以棉纸打湿封好,置大沙锅中,放五成水,旺火炖半小时,待瓜

皮由绿转黄,即已熟透。

【功用】 养颜健肤,滋阴补阳。

西瓜乳鸽

【原料】 西瓜1个(重约1 500克),光乳鸽2只(约500克),味精、精盐、黄酒、葱、生姜、植物油各适量。

【制作】 将西瓜洗净,在瓜蒂处切开顶盖,用汤匙掏空瓜瓤。将乳鸽洗净,去除内脏,剁成小块。炒锅置火上,放油烧热,下葱、生姜煸香,再下乳鸽、精盐、黄酒,炒至八成熟,起锅倒入西瓜内,加顶盖,并用湿棉纸封好。取大盆一个,放入西瓜,置笼上蒸约1小时即成。

【功用】 养颜健肤,滋阴补虚,消除疲劳。

蒸西瓜鸡

【原料】 西瓜1个(约1 500克),扁尖笋50克,净仔鸡1只(重约1 000克),鲜汤750克,精盐适量。

【制作】 将西瓜洗净,用刀将西瓜横剖开。将扁尖笋放入水中泡软。用尖刀掏净西瓜瓤,使成空壳状。将鸡放入盆中,倒入扁尖笋,加入鲜汤,装入蒸笼,蒸至熟烂后取出。将蒸好的鸡和汤汁,一起放入空西瓜内,装入蒸笼,蒸40分钟后取出即成。

【功用】 养颜健肤,补益脾胃,清解暑热。

西瓜煎饼

【原料】西瓜瓤 1 000 克,白糖 50 克,面粉 250 克,鸡蛋 2 个,植物油适量。

【制作】将西瓜瓤用净纱布包好,榨取汁液。面粉放入盆中,加入西瓜汁、白糖、鸡蛋清,揉成面团,摘成小块,用手按扁,即成西瓜煎饼生胚。取煎锅置火上,倒入少量植物油,放上西瓜饼,煎至饼熟即成。

【功用】养颜健肤,补益脾胃,除烦止渴。

西瓜酱

【原料】西瓜 1 000 克,白糖 50 克,蜂蜜 50 克。

【制作】将西瓜洗净,剖开去子,挖出瓤。锅内加西瓜汁、白糖、蜂蜜,放火上煮沸,稍熬一会儿,离火,将瓜瓤倒入,搅拌均匀,晾凉。将坛子洗净,用酒精消毒后,倒入熬成的西瓜酱,封口,10天后即可食用。

【功用】养颜健肤,清暑解热。

西瓜银耳

【原料】西瓜瓤 100 克,银耳 15 克,黄瓜 1 条,番茄 2 个,精盐、茶叶各适量。

【制作】将银耳放温水中浸泡,去蒂洗净。茶叶用开水冲泡,待色黄、味浓时,放入银耳,加精盐,待银耳发透即成。番茄、黄瓜洗净,用开水烫后,黄瓜切丁,番茄与西瓜瓤均切小碎丁。连同果汁浇于银耳表面,黄瓜点缀其间即成。

【功用】养颜健肤,养阴生津。

拔丝西瓜 ❧

【原料】红瓤西瓜 500 克,鸡蛋清 1 个,白糖 150 克,植物油 750 克,面粉、湿淀粉各适量。

【制作】将西瓜洗净,剖开取瓤去子,切成滚刀块,粘匀面粉,放入盆中。在鸡蛋清内加面粉、湿淀粉,用筷子搅成稠糊状。炒锅置火上,放油烧热,将西瓜瓤裹匀鸡蛋清糊,投入锅中,炸至呈红黄色时,用漏勺捞出控油。原锅留底油置火上,加入白糖,烧至溶化起小泡时,放入西瓜块,洒入清水,翻炒几下,出锅后放入抹好油的盘中即成。蘸凉开水进食。

【功用】养颜健肤,清热解毒,除烦止渴。

芝麻拌西瓜皮 ❧

【原料】净西瓜皮 500 克,黑芝麻粉 20 克,精盐、味精、白糖、米醋、麻油各适量。

【制作】将西瓜皮用凉开水洗净,切成片,放入碗内,撒入精盐拌和,腌渍约 2 小时,去掉盐水,加入黑芝麻粉、味精、白糖、米醋、麻油,拌匀即成。

【功用】 养颜健肤,养阴清热,补肾护肤。

熘瓜皮 ❧

【原料】 净厚西瓜皮400克,植物油、麻油、葱、生姜、精盐、湿淀粉各适量。

【制作】 将净西瓜皮切成均匀的厚片,放入开水锅内烫一下,捞出后用冷水过凉,沥干水分。炒锅置旺火上,放油烧热,下入葱、生姜炝锅,投入精盐和适量水,再投入瓜皮,转小火烧2分钟,用湿淀粉勾芡,淋上麻油即成。

【功用】 养颜健肤,清暑生津。

椰　子

　　椰子属棕榈科植物椰树的果实,又名越子头、胥椰、胥余等。椰子盛产于热带、亚热带地区,素有"热带巨果"的美称。我国海南、广东等地产量颇丰。椰子以圆形或长圆形,果实中大者为好。贮存的椰子,不能剥去椰壳表面纤维状的椰衣,否则不易存放。将椰子果顶向下、果蒂部向上放在室内阴凉、干燥处,可保存较长一段时间。切忌将椰子倒置,以防芽眼渗液起霉。

　　椰子的胚乳层即为椰肉,每 100 克可食部分中含有水分 51.7 克、蛋白质 4 克、脂肪 12.1 克、膳食纤维 4.7 克、碳水化合物 26.6 克、灰分 0.8 克、维生素 $B_1$0.01 毫克、维生素 $B_2$0.01 毫克、尼克酸 0.5 毫克、维生素 C6 毫克、钙 2 毫克、磷 90 毫克、铁 0.4 毫克、锌 0.92 毫克等营养成分。从干椰肉萃取出的椰子油,具有恢复皮肤弹性、保护肌肤的功能,因此常用于美容。

　　椰子性味甘平,具有益气生津、消疳杀虫等功效。适用于消渴、吐血、水肿、小儿营养不良等。

　　椰子的汁液中含有类似生长激素的成分,可促进生长。

　　椰肉吃起来像奶油一样,除鲜食外还可作蜜饯、糖果、糕点、果冻、果酱等。海南等地产的椰子糖、椰子酱、椰蓉饼、椰丝挞等都是著名特产。

　　变质椰子不宜食用。

银耳椰子盅

【原料】 大椰子1只,水发银耳20克,冰糖适量。

【制作】 将银耳去蒂洗净备用。椰子剥皮,刮洗干净,在蒂部横锯下约1/5,留作盅盖,倒去椰汁另用。将冰糖放入椰盅内,加清水适量,再将椰盅放入炖盅内,加椰盅盖,放入蒸笼内蒸约1小时,再放入银耳炖至熟烂即成。

【功用】 养颜健肤,解暑生津,润肺止咳,补中益气,防老抗衰。

椰子鸡球

【原料】 椰子1个,净公鸡1只,莲子仁25克,白果仁25克,鲜牛奶半杯,精盐、生姜、黄酒、鸡汤、藕粉各适量。

【制作】 将鸡脯肉剁烂,调以藕粉、精盐搓成小圆球。另将莲子、白果脱衣去芯,同下油锅炒至半熟起出。鸡头脚骨下锅,加精盐、生姜煮汤1碗。将椰子剖开其顶,倒出椰汁,挖出椰肉,随将鸡球、莲子、白果倒入,加入鸡汤、鲜奶,再用顶片盖上,放入沙锅中,再将锅置水锅里隔水炖半小时即成。

【功用】 养颜健肤,健脾补气,促进发育,强壮补虚,清心养神。

烤椰汁软糕

【原料】 椰子汁500克,白糖200克,牛乳500克,鸡蛋清500

克,玉米粉适量。

【制作】将玉米粉放入盆中,加入椰子汁,用手勺拌和。炒锅置火上,放入清水,加入牛乳、白糖煮沸,再倒入和好的玉米粉(边倒边搅),待成糊状,速将锅离火。蛋清放入盆内,用蛋棒打至洁白。将放入玉米糊的锅重新置火上,烧开后将玉米糊倒入装有蛋清的盆内,拌匀后再倒入抹好油的中盘内,然后将中盘放在加入清水的大盘内,再上烤炉烤熟,取出晾凉即成。

【功用】养颜健肤,养胃生津,补虚养血。

椰丝饺 ❧

【原料】椰丝 250 克,面粉、玉米粉 250 克,泡打粉 250 克,鸡蛋清 3 个,糖粉 50 克,砂糖 50 克,黄油适量。

【制作】将椰丝及砂糖、黄油、鸡蛋清放入大碗内,用筷子拌匀,制成椰丝馅。将面粉、泡打粉、玉米粉过箩后放在案板上,开好窝,放入糖粉、鸡蛋清、黄油和好揉匀,然后分为大小相同的等份,再分别包入椰丝馅,最后捏成饺状。将捏好的椰丝饺挂匀蛋液,放入烤炉内烤熟,取出即成。

【功用】养颜健肤,补气健脾。

椰子冰淇淋 ❧

【原料】椰汁 100 克,牛乳 150 克,鸡蛋清 2 个,白糖 25 克,香精 1 滴,冰淇淋、琼脂各适量。

【制作】先取碗 1 只,放入鸡蛋清和白糖搅匀。琼脂用水泡软,置火上煮化。牛乳煮开,倒入白糖、鸡蛋清,边倒边搅,然后再倒入琼脂搅匀,趁热过滤,晾凉后加入椰汁、香精搅匀,放入冰淇淋中,再置冰箱中冷冻即成。

【功用】养颜健肤,消暑。

椰子水晶鸡

【原料】椰子 1 个,鸡肉 600 克,熟火腿 75 克,鸡蛋清 2 个,味精、精盐、淀粉各适量。

【制作】将鸡肉洗净,切块,放入碗内,加入精盐、鸡蛋清、淀粉拌匀腌渍,再下开水锅中烫一下,捞出。椰子用刀去壳,由顶部锯下盖,倒出椰汁,再将鸡块、火腿、适量椰汁、味精、精盐放入椰子内,盖上盖,置笼上蒸至鸡肉熟烂时,取出即成。

【功用】养颜健肤,双补气血。

椰子丁

【原料】鲜椰子汁 25 克,牛乳 30 克,椰子粉 5 克,鸡蛋黄 2 个,白糖、玉米粉、精盐各适量。

【制作】将椰子汁与牛乳混匀,置火上烧开,下入椰子粉和白糖,接着加入玉米粉、精盐搅拌后,放入鸡蛋黄。取烤模,先抹上油,然后倒入煮好的料,放入烤箱内烤 25 分钟,至上面有一层黄色即成。

【功用】养颜健肤,补气生津。

椰子蒸仔鸡

【原料】仔鸡肉 100 克,椰子 1 个,精盐 6 克,味精 1 克,黄酒 5 克,葱 1 根,生姜片 8 克,鸡汤 800 克。

【制作】将椰子去外皮,从上 1/5 处锯开,倒出椰汁,放入沸水锅中煮 30 分钟,取出。仔鸡肉放入沸水锅中煮 15 分钟后捞出,斩成鸡肉条,与生姜、葱、黄酒、鸡汤一同放入椰子壳内,置于旺火沸水笼内蒸约 30 分钟至熟透,取出,加味精、精盐调好味即成。

【功用】养颜健肤,补脾益气,美颜嫩肤。

椰汁菊花鱼

【原料】鱼肉 300 克,椰汁 100 克,干淀粉 50 克,黄酒、麻油、鸡蛋各适量。

【制作】将鱼肉每隔 5 毫米剞上花刀,刀深至鱼骨,但不切断,再改成 3 厘米的块。炒锅置火上,放油烧热,下入拖好蛋液、并粘上干淀粉的鱼块,炸至金黄色时捞出,控油。锅留底油,烹入黄酒,下入椰汁,淋上麻油,浇在炸好的鱼块上即成。

【功用】养颜健肤,补气养阴,生津开胃。

荔椰西瓜盅

【原料】椰子汁 250 克,圆形西瓜 1 个(重约 5 000 克),罐头荔枝 250 克,鲜莲子 150 克,荸荠 150 克,罐头菠萝 150 克,苹果 150 克,雪梨 250 克,冰糖 300 克。

【制作】将冰糖加白开水,入笼蒸约 15 分钟,取出过滤,滤液凉后放入冰箱中。西瓜、苹果、雪梨用凉开水洗净,削去苹果皮和梨皮,西瓜靠蒂部横切下 1/6 作盅盖用,瓜瓤挖出并浸于清水中。瓜盅中倒入冰糖,加瓜盅盖,放入冰箱。荔枝、菠萝、荸荠、苹果、雪梨均切成约 4 毫米见方的小粒,莲子剖成两半,放入盅内,并用剩余的冰糖水浸泡 30 分钟,最后倒入全部果料和椰子汁,盖上盅盖,再放入冰箱中 30 分钟,取出即成。

【功用】养颜健肤,清心润肺,清热解毒。

椰肉杞枣炖母鸡

【原料】椰子肉 150 克,枸杞子 50 克,黑枣 30 克,母鸡肉 150 克,精盐、黄酒、味精、葱花、生姜末、麻油各适量。

【制作】将椰子肉洗净切成丝,榨取其汁后放入碗中,再加入枸杞子、黑枣、鸡肉块和精盐、黄酒、葱花、生姜末及清水适量,用旺火烧开后转用小火煮炖,以鸡肉熟烂为度,加入味精调味,淋上麻油即成。

【功用】养颜健肤,补脾胃,益肝肾。

菠萝

　　菠萝为凤梨科凤梨属多年生常绿植物凤梨的果实，又名凤梨、黄梨。菠萝主要在 4~8 月成熟。选购菠萝时，要求果实大，有重量感，果色新鲜，果实成熟，但不能过熟，无损伤和腐烂斑块。菠萝果实顶部小果充实，果皮由青绿变为黄绿，果眼间隙的裂痕呈现浅黄色，有一定的香气，这种成熟度的菠萝买回以后可存放一段时间。

　　菠萝是我国华南四大名果之一，风味优良，营养丰富，每 100 克可食部分中含有水分 88.4 克、蛋白质 0.5 克、脂肪 0.1 克、膳食纤维 1.3 克、碳水化合物 9.5 克、钙 12 毫克、磷 9 毫克、铁 0.6 毫克、锌 0.14 毫克，还含有胡萝卜素 0.2 毫克、维生素 B_1 0.04 毫克、维生素 B_2 0.02 毫克、尼克酸 0.2 毫克、维生素 C 18 毫克等营养成分。菠萝中的维生素能有效地滋养肌肤，防止皮肤干裂，滋润头发的光亮，同时也可以消除身体的紧张感和增强肌体的免疫力。

　　菠萝性平味甘微酸，具有补益脾胃、生津止渴、除烦醒酒、益气养神等功效。适用于胃阴不足，口干烦渴，消化不良，少食腹泻等。

　　菠萝中的蛋白酶除了具有消化作用外，还能将阻塞于组织中的纤维蛋白和血块溶解掉，因而可以用于治疗炎症、水肿和血肿。菠萝中含有利尿成分，食用菠萝对高血压病患者有益。菠萝汁中含有一种酶，它不但可以使血凝块消散，还可以预防血凝块的形成。血凝块会导致血管阻塞，使血液流回心脏受阻，可造成心脏病。有专家对 140 名患有心脏病的人进行了临床试验,给他们服用菠萝中的一种酶,两年试验结束后,发现因心脏病而死亡的人员由通常预测的 20% 减少到 2% 。

菠萝香甜多汁,食用方法一般为生食,除生食之外,亦可制成罐头、蜜饯、果酱等,还可与鱼肉等配成多种美味佳肴。

一些对菠萝过敏的人在食用菠萝后会引起中毒,也就是通常所说的"菠萝病"。病人一般在食用菠萝后 15 分钟或 1 小时左右出现腹痛、呕吐、腹泻、头痛、头昏、皮肤潮红、全身发痒、口舌及四肢发麻等过敏性症状,甚至会出现呼吸困难和过敏性休克。菠萝的菠萝蛋白酶能作用于肠道,引起肠黏膜通透性增加,使得肠胃中的大分子异种蛋白渗入血液中,从而引起过敏反应。因此,食用菠萝前应用精盐水浸泡 24 小时,精盐水可破坏菠萝蛋白酶的活性,可以避免引起菠萝病。由于菠萝蛋白酶能溶解纤维蛋白和酪蛋白,故胃溃疡患者、肾脏病患者以及血液凝血机能不全的人,均不宜过多食用菠萝,以免病情加重。

柴把菠萝鸭

【原料】 去皮菠萝 500 克,烧鸭肉 200 克,香菇 8 朵,香肠 4 根,葱 50 克,荸荠 20 只,花生油 20 克,蚝油 5 克,甜面酱 5 克,味精 3 克,白糖 5 克,胡椒粉 2 克,姜汁 5 克,鲜汤 25 克,湿淀粉适量。

【制作】 将鸭肉、菠萝、香肠切成约长 3 厘米的细条,香菇水发后用调料煨过,也切成细条待用。葱用开水焯软后冲凉。分别把一条鸭肉、一条香肠、一条菠萝、一条香菇整齐地放在一起,用一根葱绑扎成柴把形状。把捆扎好的柴把整齐地排入扣碗内,然后浇上调味汁,置笼上蒸 15 分钟左右即成。将蒸好的柴把菠萝鸭扣入碟内,原汁勾芡后淋上,用削好皮的荸荠围边即可食用。

【功用】养颜健肤,补益脾胃,滋阴生津。

菠萝杏仁冻

【原料】罐头菠萝 500 克,甜杏仁 100 克,白糖 50 克,琼脂、杏仁精各适量。

【制作】将杏仁用开水稍泡后,捞出去皮剁碎,磨成浆,过滤去渣。菠萝切片。琼脂放入碗内,加入清水,置笼上蒸化后取出,过滤去渣。炒锅置火上,倒入杏仁浆,加入琼脂,用旺火煮沸,然后放入杏仁精,搅匀后盛入碗内,晾凉后放入冰箱中冷冻。原锅洗净后置火上,加入清水、白糖,用旺火煮沸后,装入盆中,晾凉后放入冰箱中冷冻,然后取出待用。将杏仁冻划成菱形块,并放入凉糖水内,待块浮上糖水面时,撒入菠萝片即成。

【功用】养颜健肤,润肺止咳。养胃生津。

菠萝糯米饭

【原料】菠萝 500 克,糯米 150 克,京糕、白糖、湿淀粉、植物油适量。

【制作】将糯米洗净,放入碗内,加入清水,置笼上蒸熟后取出,加入白糖、植物油拌匀。京糕切丁。菠萝去皮,洗净,切成扇面形的片放入碗内,上面放糯米饭,置笼上蒸约 30 分钟后取出,扣入盘中。炒锅置火上,加入清水、白糖煮沸,撇去浮沫,用湿淀粉勾芡,淋上明油,起锅后浇在饭上,再撒上京糕丁即成。

【功用】 养颜健肤,补益脾胃,生津止渴。

菠萝脆皮鸡 ෴

【原料】 嫩鸡1只,菠萝片150克,樱桃10粒,黄酒、麻油、麦芽糖各适量。

【制作】 将嫩鸡治净,入锅中加水煮至成熟时,取出,抹干水分。麦芽糖用水稀释后,抹遍鸡身,晾干。取炒锅置火上,放油烧热,用热油浇鸡全身,直至呈金黄色。将鸡斩成块,配上菠萝片,再用樱桃点缀即成。

【功用】 养颜健肤,补气生津。

菠萝鸭 ෴

【原料】 净鸭1只,菠萝250克,洋葱50克,芹菜50克,胡萝卜50克,菠萝汁200克,胡椒粒5粒,精盐5克,猪油50克,黄酒100克。

【制作】 将鸭洗净,去内脏,用黄酒、精盐、味精、胡椒粉拌匀,腌渍约2小时。炒锅置火上,放油烧热,下鸭煎至四面上色,滗去油,用菠萝汁烹之,加黄酒、洋葱丝、胡萝卜煨10分钟,再放入鲜汤,沸后移小火上,焖至鸭熟汁浓。食用时将鸭仰放在盘内,装盘后周围用菠萝片、芹菜叶点缀,浇原汁即成。

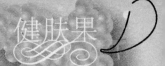

【功用】养颜健肤,滋阴补气。

菠萝咕噜肉

【原料】猪五花肉 300 克,菠萝罐头 1 听,青椒 50 克,精盐 2 克,黄酒 10 克,葱姜汁 20 克,白糖 50 克,鸡蛋液 50 克,面粉 50 克,干淀粉 50 克,植物油 500 克(实耗约 50 克),湿淀粉适量。

【制作】将五花肉去皮洗净,改切成指甲块,加精盐、黄酒、葱姜汁腌 20 分钟。用面粉、干淀粉、鸡蛋液加清水适量,搅拌成全蛋糊。将菠萝切成 12 个扇形块,其余改切指甲块,青椒洗净切象眼块。先将肉块拌匀全蛋糊,入油锅炸至淡黄色捞起。另取炒锅置火上,加入白糖、青椒、菠萝块、清水适量,烧开后倒入肉块,勾粉芡,起锅后将扇形菠萝块摆在盘子四周,其余料装在中间即成。

【功用】养颜健肤,滋阴润燥,清暑解毒,生津消食。

扒菠萝

【原料】菠萝 750 克,白糖 50 克,湿淀粉适量。

【制作】将菠萝削去外皮,竖着切开,去隙,再改刀成薄片,装入盘内,撒上白糖,置笼上蒸熟后取出,滗出汤汁。炒锅置火上,加入滗出的原汁,放入白糖、清水、烧沸,撇去浮沫,勾米汤芡,起锅浇在菠萝上即成。

【功用】养颜健肤,生津止渴,健脾益胃。

菠萝炒鸡片 ❧

【原料】糖水菠萝 500 克,鸡脯肉 250 克,豌豆苗 50 克,鸡蛋清 2 个,植物油 250 克,黄酒、精盐、白糖、淀粉各适量。

【制作】将菠萝切成薄片。豌豆苗摘洗干净。鸡脯肉切成薄片,放入碗内,加入鸡蛋清、淀粉,抓拌上浆。炒锅置火上,放油烧热,下入上好浆的鸡片滑油,用铲子划散鸡片,变色后捞出控油。原锅内留底油烧热,放入豌豆苗略煸炒后,再放入鸡片、菠萝片,加精盐、黄酒、白糖,翻炒几下,起锅装盘即成。

【功用】养颜健肤,补气养血,健脾益胃。

菠萝炒鸭片 ❧

【原料】鲜菠萝 200 克,去骨鸭腿肉 250 克,鸭蛋清 1 个,植物油 1 000 克,葱段、嫩姜芽、精盐、味精、黄酒、胡椒粉、干淀粉、白酱油、白糖、猪骨汤各适量。

【制作】将去骨鸭腿肉洗净,放入盆中,加精盐、味精、白糖、胡椒粉、鸭蛋清、干淀粉、黄酒,用手抓匀稍腌。菠萝去皮,切块,再切成片状。嫩姜芽去皮后,切成薄片。将酱油、猪骨汤和黄酒、白糖、味精、干淀粉放入碗内,兑成芡汁。炒锅置火上,放油烧热,下入鸭肉片,划散炸匀,至八成熟时捞出控油。原锅置中火上,留底油烧热,下鸭肉片略炒几下,然后加入生姜片、葱段、菠萝片,快炒约 1 分钟后,再倒入调好的芡汁,煮沸勾芡。起锅装盘即成。

【功用】养颜健肤,滋阴补血,养胃生津。

烤菠萝火腿

【原料】罐头菠萝 1 听,熟火腿 250 克,酱油、蜂蜜糖、柠檬汁、丁香粉适量。

【制作】将菠萝、火腿切片,交替穿在不锈钢烤针上。将酱油、蜂蜜、柠檬汁、丁香粉一同装入碗内,调成稀汁。炭火烧旺,火腿片和菠萝片外涂调味汁,在火上烧烤,并反复涂抹调味汁,烤至熟透,呈微焦黄色时即成。

【功用】养颜健肤,健脾开胃,生津养血。

菠萝鱼

【原料】菠萝 200 克,桂鱼肉 500 克,新鲜豌豆 50 克,白糖、黄酒、精盐、醋精、生姜末、葱花、味精、青蒜、干淀粉、番茄酱、湿淀粉、植物油各适量。

【制作】将鱼肉洗净,在鱼肉一面剞十字花刀,然后切成方块。鲜豌豆洗净,放入水锅内煮烂。青蒜去膜拍碎。菠萝切成块。将鱼肉块放入碗中,加入精盐、黄酒拌匀,再加入湿淀粉抓匀,然后粘上干淀粉,使花刀分开。炒锅置火上,放油烧热,下入鱼块炸透,用漏勺捞出。炒锅置火上,放油烧热,下入葱、生姜、蒜及菠萝、青豌豆稍炒,再放入番茄酱、白糖、黄酒、精盐、味精、醋精、清水烧沸,然后用湿淀粉勾芡。油锅烧热,放入鱼块稍炸。在盛汁的锅内加入沸油勾汁,然后将鱼块捞出,放入汁内,翻炒几下即成。

【功用】养颜健肤,补气养血,健脾益胃。

菠萝虾 &

【原料】罐头菠萝1听,虾肉800克,番茄酱、精盐、辣酱油、植物油各适量。

【制作】将虾肉洗净,除去虾肠,切成丁状,放入盆内,再用温水洗净,滗去水,撒上精盐拌匀。菠萝切片。炒锅置火上,放油烧热,下入虾丁炒至七成熟时,放入番茄酱、菠萝片、辣椒油、精盐,调好口味,炒透即成。

【功用】养颜健肤,补益气血,健脾养胃。

菠萝银耳 &

【原料】银耳50克,菠萝100克,冰糖30克。

【制作】将银耳用温开水泡涨,洗净。菠萝切片。炒锅置火上,放入清水,下入冰糖,待开后,投入银耳、菠萝片,再开锅倒碗内即成。

【功用】养颜健肤,滋阴生津。

香蕉

香蕉为芭蕉属真蕉亚属植物,分为香蕉、大蕉、粉蕉3种。香蕉品质一般以香蕉类(果肉汁甜,香味浓郁)最佳,粉蕉类(果肉甜滑,微香)次之,大蕉类(果内甜带酸味)较差。香蕉主要在每年10月至翌年1月成熟上市。

每100克香蕉中含有水分75.8克、蛋白质1.4克、脂肪0.2克、膳食纤维1.2克、碳水化合物20.8克、钙7毫克、磷28毫克、铁0.4毫克、锌0.18毫克,还含有胡萝卜素60微克、维生素B$_1$0.02毫克、维生素B$_2$0.04毫克、尼克酸0.7毫克、维生素C8毫克,以及少量的去甲肾上腺素和二羟基苯乙胺等成分。香蕉中含有多种营养素,含钠较少,不含胆固醇,可供给人体多种营养素,常吃香蕉有益于人体健康,能缓解过度紧张,且不会使人发胖,是保持身材苗条、肌肤柔软的佳果。

香蕉性寒味甘而无毒,具有润肠通便、清热解毒、健脑益智、通血脉、填精髓、降血压等功效。适用于防治便秘、酒醉、干渴、发烧、皮肤生疮、痔血等。

香蕉中含有血管紧张素转化酶抑制物质,可以抑制血压升高,高血压病患者可常食香蕉。此外,香蕉对某些药物诱发的胃溃疡有保护作用。通常情况下,胃黏膜能分泌黏液保护胃壁,由于大量服药或精神紧张,使胃黏膜受损,胃酸直接侵入胃壁,因此产生了溃疡。科学家发现香蕉里含有一种化学物质,能促进胃黏膜细胞生成,修复胃壁,阻止胃溃疡形成。

香蕉不仅鲜食美味可口,而且可以制成蕉干、蕉粉、蕉汁、糕点、糖果、蕉酒等,可以制成色拉、甜点等菜肴。香蕉一般多作为水果食用,而用于制作菜肴品种则较少。从香蕉的营养成分和自身的芳香味来看,烹制出来的菜肴食之并不比其他水果逊色,并且有独特风味,甜香爽口,诱人食欲。

香蕉性寒,食入过多会影响胃肠功能。香蕉含糖亦多,逾食后糖分在胃中发酵,人因此而易腹胀便溏。慢性气喘、支气管炎患者,多吃香蕉对病情也有影响,所以,脾胃虚寒、慢性支气管炎患者宜少吃,气喘痰多者也不宜多吃。空腹时亦不宜多吃香蕉,因为香蕉含镁较多,过多食用会造成体液中钙、镁比值改变,使血镁度增加,对心血管系统产生抑制作用,引起明显的麻木感觉、肌肉麻痹,出现嗜睡乏力等症状。香蕉中含钾量也较高,急性和慢性肾炎病人不宜多吃香蕉,以免血钾浓度迅速增高,反使病情加重。关节炎或肌肉疼痛者也不宜多吃香蕉,因为香蕉可使局部血液循环减慢,代谢产物堆积,加上含糖量较高,食后易使体内维生素 B 类消耗增加,使关节和肌肉疼痛加重。

香蕉冰淇淋

【原料】鲜牛乳 500 克,鸡蛋 2 个,香蕉 2 只,茯苓粉 10 克,细玉米粉 30 克,葡萄干 10 粒,白糖 50 克。

【制作】将鸡蛋打入碗内,用力搅匀后放入用水调好的玉米粉和茯苓粉,边倒边搅,倒完后再用力搅打 2 分钟。将香蕉去皮,捣成泥状备用。将锅烧热,倒入牛乳,煮沸后慢慢地将鸡蛋玉米糊液倒入,同时不断地用筷子搅拌,再加入白糖,移锅候凉,加入香蕉泥,搅拌均匀成冰淇淋糊,放入电冰箱的冷冻室中,冷冻20分钟后取出搅打片刻,再放入冷冻室,使成冰淇淋即可食。

【功用】 养颜健肤,润肺健脾,补气益血,怡神益智。

香蕉饼

【原料】 香蕉2个,鸡蛋黄2个,面粉250克,鸡蛋清1个,奶油100克,面包粉、白兰地酒、柠檬汁、白糖各适量。

【制作】 将香蕉去皮,一根制成泥。另一根切成薄片,浇上柠檬汁。将奶油放入盆中,搅拌后加入白糖、鸡蛋黄、白兰地酒,调匀后加入香蕉泥,混合均匀。将鸡蛋清打入碗内,抽打起泡后,加入白糖调匀,再倒入调好的奶油糊中,将面粉、面包粉过筛后加入,调拌均匀。取制饼的模子,涂上一层奶油,再撒上一层面粉,倒入调制好的奶油面糊,表面摊平,放入保持中温的烤箱,用中火烤约20分钟后,再将香蕉片放上去,烤约10分钟即成。

【功用】 养颜健肤,补益脾胃,滋润脏腑。

香蕉苹果烩桂圆

【原料】 香蕉60克,桂圆肉30克,青苹果60克,荔枝肉60克,葡萄干20克,白糖30克,糖桂花5克,淀粉20克。

【制作】 将苹果削去皮,对剖开,挖去果核,再切成4块,然后切成片。香蕉剥去皮,切成斜形片。桂圆肉、荔枝肉对剖为二。将淀粉加水调成湿淀粉备用。将锅内加水和白糖,待水沸后将苹果、香蕉片下锅,再烧沸时倒入湿淀粉搅拌成稀芡,盛起。再放入桂圆肉、荔枝肉,撒上葡萄干、糖桂花即成。

【功用】 养颜健肤,健脑益智,驻颜美容。

蜜汁菊花香蕉

【原料】 香蕉1 000克,豆沙馅150克,瓜子仁50克,红、绿樱桃各50克,冰糖100克,湿粉30克,蜂蜜50克,红果酱10克。

【制作】 将900克熟透的香蕉剥去外皮,切成3厘米长的段,竖着放在盘中。把每个香蕉段上面抹上一层豆沙馅,然后用瓜子仁插成"菊花"形状。依此法逐个做完。取红樱桃10颗,切成片点缀在"菊花香蕉"中间,作为花蕊,摆在盘中。把余下的100克香蕉去皮,切成1厘米厚的香蕉片,在香蕉片上分别放上红、绿樱桃,摆在盘边同"菊花香蕉"一起入笼蒸5分钟取出。炒锅置火上,放入清水、冰糖、蜂蜜、红果酱,待汁沸时用湿淀粉勾芡,汁沸后浇在蒸好的"菊花香蕉"上即成。

【功用】 养颜健肤,健脑益智,润肠通便。

卷筒香蕉鸡

【原料】 香蕉300克,鸡脯肉400克,鸡蛋2个,苏打饼干末200克,精盐、味精、黄酒、面粉各适量。

【制作】 将鸡脯肉切为片,拌上精盐、味精、黄酒。香蕉去皮,切小长条,分别放在鸡片上,卷成筒形。取碗 1 只,打入鸡蛋,搅匀。炒锅置火上,放油烧热,将鸡卷沾上一层面粉、一层蛋液、一层苏打饼干末下入,炸至金黄色捞出。

【功用】养颜健肤;滋阴补气,润肠通便。

脆皮香蕉

【原料】香蕉 4 根,果酱 50 克,鸡蛋 1 个,面粉 25 克,淀粉 25 克,植物油 500 克(实耗约 50 克)。

【制作】将香蕉去皮,滚一层干淀粉。用面粉、淀粉、鸡蛋加入植物油、清水,搅拌成脆皮糊。炒锅置火上,放油烧至六成热,将香蕉逐个拖匀脆皮糊,下入油锅炸至饱满呈金黄色时,捞起装盘即成,跟果酱碗一同上桌。

【功用】养颜健肤,清热润肠,止渴降压。

莲蓬香蕉

【原料】香蕉 750 克,绿樱桃 10 个,瓜条 15 克,红枣 15 克,青梅 15 克,葡萄干 15 克,去皮桃仁 15 克,瓜子仁 15 克,白糖 150 克,蜂蜜 40 克,红樱桃末、桂花酱、淀粉、面粉、熟猪油、鸡蛋清各适量。

【制作】将香蕉去皮,置笼上蒸熟后压成泥,加适量淀粉、面粉、鸡蛋清调匀。红樱桃从中间切一刀。瓜条、红枣、青梅、葡萄干、桃仁、瓜子仁等切小丁,加桂花酱、白糖制成馅,鸡蛋清和干淀粉、面粉调成糊。取 10 个羹匙,内部抹一层熟猪油,将 10 片香蕉挂蛋糊放入,尖部放少量红樱桃末。再取 5 个酒盅装入香蕉泥,中间酿入和好的馅,点缀上绿樱桃即成莲蓬状,置笼上用小火蒸熟,取出摆在盘子中间。匙内的香蕉片下四成熟的油锅中炸熟成莲花瓣,捞出摆在盘子外围。炒锅置火上,加入清水、白糖、蜂蜜,烧溶化后撇去浮沫,浇在莲蓬上,荷花瓣上撒上白糖即成。

【功用】养颜健肤,补虚美容。

蜜汁香蕉

【原料】香蕉 500 克,白糖 50 克,桂花酱 2 克,麻油 25 克,面粉、植物油各适量。

【制作】将香蕉剥去外皮,切成滚刀块,在面粉糊中拖过。炒锅置中火上,放油烧至七成热,将香蕉逐块下入油内,炸至发黄时捞出。另用炒锅放麻油、白糖、桂花酱和清水稍烧,再放进香蕉和匀,烧至汁浓时,盛入盘内即成。

【功用】养颜健肤,润肠通便。

脆炸酿香蕉

【原料】香蕉 500 克,枣泥馅 25 克、菠萝罐头 1/2 瓶,熟芝麻 15 克,黄瓜 40 克,干淀粉 20 克,面粉 30 克,干酵母 5 克,红樱桃 1 粒,植物油 250 克(实耗约 35 克)。

【制作】将香蕉去皮切成 4 厘米长的段,共 12 段,香蕉段用 U

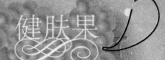

形槽口刀捅去香蕉心,分别酿入枣泥馅,拍上一层干淀粉。菠萝片成薄片,在盘边摆成一朵牡丹花,红樱桃点缀成花蕊,黄瓜切成花叶。干淀粉、面粉、干酵母、植物油、熟芝麻、清水和成稀糊,放置20分钟待糊发开,香蕉挂糊。炒锅置旺火上,放油烧至四成热,用筷子将香蕉段逐个粘匀糊下入油锅内炸熟,待表面呈浅黄色时捞出,摆在盘内牡丹花旁边即成。

【功用】养颜健肤,清热润肠。

翠皮香蕉

【原料】香蕉 600 克,西瓜皮 500 克,白糖 50 克,玉米须 50克,山楂 20 克。

【制作】将香蕉去皮切成厚片,放碗中加白糖,用湿绵纸封碗口,置笼上蒸 30 分钟。西瓜皮去外层硬皮,洗净切成小块,同玉米须、山楂一起下锅煮 20 分钟,取汁 100 克,再煮一次,共收汁 200克,用 3 层纱布过滤待用。将蒸香蕉的原汁和收取的西瓜汁及煮好的西瓜皮,倒入勺中,加白糖烧浓,浇香蕉上即成。

【功用】养颜健肤,养阴润肠。

拔丝香蕉

【原料】香蕉 250 克,鸡蛋清 2 个,植物油 500 克(实耗约 50克),青红丝、熟芝麻、面粉、干淀粉、白糖各适量。

【制作】将香蕉洗净,去皮后切成滚刀块,蘸上面粉。在鸡蛋清里加入干淀粉,用筷子搅成糊状,加入香蕉块抓匀。炒锅置火上,放油烧热,投入香蕉块,炸至呈浅黄色,用漏勺捞出。原锅置火上,放入清水、白糖,用手勺不断搅动,炒至金黄色,并能拔出丝时,速放入炸好的香蕉块,边翻锅边加入青红丝、芝麻,挂匀糖浆,出锅盛入盘内即成。

【功用】养颜健肤,清热养胃,润肠通便。

炸豆沙香蕉 ✦

【原料】香蕉400克,豆沙250克,植物油500克(实耗约50克),鸡蛋清、淀粉、白糖各适量。

【制作】将香蕉洗净去皮,切成斜厚片,放入淀粉中滚动一下,使其粘匀淀粉。取部分香蕉片,抹上一层豆沙。将另一部分香蕉片,放在豆沙上,用手轻按,并将四周抹平,蘸上淀粉即成豆沙香蕉,将鸡蛋清放入汤盆,用筷子搅匀,加入淀粉,再用筷子搅匀。炒锅置火上,放油烧热,将豆沙香蕉拖匀蛋糊,投入锅中炸透,用漏勺捞出,沥去油后放入盘中,撒上白糖即成。

【功用】养颜健肤,养胃生津,润肠通便。

油炸香蕉夹 ✦

【原料】香蕉1 000克,豆沙馅125克,鸡蛋清150克,京糕100克,白糖50克,植物油500克(实耗约50克),面粉、淀粉各适量。

【制作】将香蕉去皮,切成长方形片。京糕碾成细泥。香蕉片铺平,用京糕泥抹匀香蕉片的1/3,并在上面盖上一片香蕉片,再抹上一层豆沙馅,并再盖上一片香蕉片,然后用手将其轻轻压实即成香蕉夹。将鸡蛋清放入碗中,用筷子连续朝一个方向搅成泡沫状,再放入淀粉调拌成鸡蛋清糊。炒锅置火上,放油烧热,将香蕉夹放入鸡蛋清糊中挂糊后,投入锅中,炸熟后捞出,放入盘内,撒上白糖即成。

【功用】养颜健肤,健脾养胃,通利肠胃。

什锦香蕉丁 ✎❀➣

【原料】去皮香蕉100克,去皮苹果50克,蜜枣肉50克,白果肉、栗子肉、去皮去心莲子各50克,白糖150克,柿饼、罐头橘子、罐头荸荠、罐头菠萝、湿淀粉各适量。

【制作】将香蕉、苹果、蜜枣、白果、栗子、莲子、橘子、荸荠、柿饼、菠萝均切成碎丁。炒锅置火上,放入清水,加入莲子、白果、柿饼、蜜枣、橘子、白糖,烧沸后用湿淀粉勾芡,再加入栗子、苹果、香蕉、菠萝、荸荠,待炒匀后出锅,倒入大汤碗中即成。

【功用】养颜健肤,补脾益胃,止咳化痰。

白 果

银杏的可食部分是种子,又称白果,属银杏科落叶乔木,是植物界裸子植物中古老的树种,白果非果,而是种子。真正的果实呈椭圆形或呈卵形,赭黄色,果肉为浆质,不甜不酸不苦涩,但奇臭难闻且有毒,果汁溅到皮肤上会引起瘙痒。银杏在我国分布很广,但作为商品栽培主要集中在江苏、浙江、安徽、广西等省区。著名产地有江苏泰兴和吴县、浙江诸暨、广西兴安等。质量好的白果,果实充分成熟,外壳白净光亮,果仁鲜绿饱满。果壳灰白粗糙无光泽,甚至有黑斑点,为陈货变质果。取果置于耳边摇动,无声者质佳;有声则说明壳内果肉干瘪萎缩,质差。也可将白果放入水中,浮者质差,下沉者为好果。对于新上市的白果,果壳色由青转黄,表面有白粉,为成熟果;核仁用手指压捻开裂,无汁液流出者为成熟果,质好。新上市的白果,晾干后仍保持一定的湿度,宜放在透气凉爽的容器中,防止闷捂变质。亦可用保鲜袋密封,存放于冰箱中。数量大时,也可将白果浸入清水缸内,并注意经常换水,可保存 3~5 个月。

白果炒食芳香可口,且营养丰富,每 100 克可食部分中含有水分 9.9 克、蛋白质 13.2 克、脂肪 1.3 克、碳水化合物 72.6 克、钙 54 毫克、磷 23 毫克、铁 0.2 毫克。此外,还含有维生素 B_2 0.1 毫克等。

白果性平味甘苦涩,有小毒,具有敛肺气、定咳嗽、止带浊、缩小便等功效。适用于防治哮喘、咳嗽、白带、白浊、遗精、淋病、小便频数等。

白果酸能抑制结核杆菌的生长，对多种体外细菌及皮肤真菌，有不同程度的抑制作用。

白果可防止或减低老年痴呆症。适量进食白果，能保护神经细胞，防止或减低痴呆症的发生。

银杏树全身都是宝，其中银杏叶可通血管、降血压、增加血管柔韧度、降胆固醇。对肺病、脑动脉硬化特别有效。

白果除可炒食外，还可加工制成蜜饯、罐头、饮料等。也可将白果盐水烹炒，糖水煮熟，略加桂花糖渍，或配成八宝饭等甜食。白果还可制成各种色香味形俱全的佳珍美馔。

白果的有毒成分主要在果肉中，种仁也含有微量的白果酸和氢氰酸等有毒成分，所以禁止生食，且每次食用量不宜过大。白果中毒后潜伏期 1～12 小时，主要症状为呕吐、腹泻、昏迷、嗜睡、恐惧、惊厥、精神呆滞、发热、呼吸困难、肢体强直等。

白果山楂糕

【原料】水发白果 500 克，山楂糕 300 克，白糖 75 克，蜂蜜 75 克，桂花酱 5 克。

【制作】将山楂糕切成指甲大的菱形块，整齐地摆在盘子周围，白果焯水后沥净水分。炒锅置火上，加清水少许，下入白糖、桂花酱、蜂蜜待熬至蜜汁状时，下入白果，再熬至汤汁稠浓时，起锅装在山楂糕中间即成。

【功用】养颜健肤，补肺平喘，固精止带。

一品薯包 ❧

【原料】白果肉 50 克,白薯 400 克,去皮莲子 75 克,百合 50 克,水发香菇 50 克,豆腐皮 3 张,黄花菜 40 克,植物油、湿淀粉、味精、精盐、素汤各适量。

【制作】将莲子用水煨烂。白果去皮。百合分瓣洗净。去掉白薯皮,与香菇同切成小块。炒锅内放油少许,油热时放白果、百合、香菇、白薯,炒匀后加适量的汤烧熟,放入莲子、精盐、味精,用湿淀粉勾芡后出锅,成馅。湿布将豆腐皮闷软,剪成圆形,包入拌好的馅,用黄花菜扎住收口,然后放碗内,加素汤,炖 20 分钟取出,放入碗中即成。

【功用】养颜健肤,健脾和胃,养心安神,补肾固精。

白果糯米饭 ❧

【原料】白果仁 20 个,糯米 750 克,白糖、湿淀粉各适量。

【制作】将白果仁放入水锅内略煮后取出。糯米淘洗干净,与白果一起放入盆中,置笼上蒸至熟透后取出,扣入盘内。炒锅置火上,放入适量清水、白糖烧沸,用湿淀粉勾芡,起锅后浇在白果糯米饭上即成。

【功用】养颜健肤,排脓消疮,补肾定喘。

白果西米 ❧

【原料】白果 250 克,西米 150 克,白糖 100 克,桂花卤各适量。

　【制作】将白果去壳,放入清水中略泡后捞出,沥干水分,再放入五成热油,锅内略炸后捞出,剥去外膜,放入碗中,加入清水、白糖,置笼上用旺火蒸烂后取出。西米淘洗干净,放入清水内略浸泡后取出。炒锅置火上,放入适量清水、西米,烧至西米熟透后,再加入白果、白糖、桂花卤煮沸,起锅装入汤盘内即成。

　【功用】养颜健肤,补益敛肺,止咳平喘。

白果布丁

　【原料】白果 200 克,香草粉 1 克,面粉 250 克,泡打粉 5 克,鸡蛋 6 个,白糖、黄油各适量。

　【制作】将白果去壳,放入沸水中稍烫,捞出去掉黄皮,切成碎粒待用。把糖和黄油放入盆中搅拌均匀,打入鸡蛋搅成白色,然后加入泡打粉、面粉、香草粉搅匀。取铁盘,垫好纸,刷上油,把盆中的稀蛋糊倒入盘内,用手铲摊平,撒上白果碎粒,放入炉内,用中火烤约 30 分钟后取出,晾凉切成块即成。

　【功用】养颜健肤,补脾止泻,养心安神。

麻酱白果

　【原料】白果 500 克,芝麻酱 100 克,食碱 3 克,精盐 5 克,味精 1 克,醋 3 克。

　【制作】将白果除去外壳,放盆中,泡入开水,并放入食碱,用刷帚用力刷去白果外皮红衣,然后用清水冲洗干净,再用小刀将白果一剖为二。锅中加水,连同白果旺火烧开后用小火焖卤半小时取出。另取一碗,加入芝麻酱,用少许冷水调开,加精盐、醋、味精调和成浆状,倒在白果中拌和即成。

【功用】养颜健肤,滋养肺肾。

挂霜白果

【原料】白果 300 克,白糖 150 克,植物油 750 克(实耗约 75 克),桂花酱 10 克,干淀粉 100 克。

【制作】将白果洗净,入开水锅中略烫,捞出后放入干淀粉内拍粉。以此方法再加工一次。炒锅置火上,放油烧至五成热,下白果炸至外皮结壳,果肉成熟,即可捞出沥油。炒锅置火上,加白糖和适量水,烧开撇去浮沫,用小火熬糖,至挂霜火候时,倒入白果,离火拌匀,洒入桂花酱一同搅拌,待白果冷却散开,装盘即成。

【功用】养颜健肤,定喘止带,补肾缩尿。

白果炒腰丁

【原料】鲜猪腰 500 克,水发白果 100 克,精盐 3 克,酱油 5 克,黄酒 10 克,味精 2 克,胡椒粉 3 克,葱花 5 克,生姜末 10 克,植物油 750 克(实耗 75 克),湿淀粉适量。

【制作】将猪腰剖开,片去臊腺,先剞十字花刀,再改切成 1 厘米大的方丁,加精盐、黄酒、湿淀粉浆匀。炒锅置火上,放油烧至

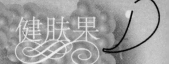

六成热,下入浆好的腰丁滑熟,倒出沥油,炒锅置火上,放油烧热,下葱花、生姜末煸香,加入白果、精盐、黄酒、胡椒粉适量,将白果炒熟后,下入腰丁、味精炒匀,勾薄芡,淋明油后起锅装盘即成。

【功用】 养颜健肤,润肺定喘,固精止带,益肾强腰。

白果肉丁

【原料】 白果25克,瘦猪肉100克,鸡蛋清1个,精盐1克,黄酒3克,味精1克,干淀粉10克,麻油3克,葱段15克,鲜汤50克,猪油适量。

【制作】 将白果去硬壳,放入锅内,加热干燥至六成熟时捞出,剥去薄衣,洗净待用。将瘦猪肉切成约1.5厘米见方的丁,加入蛋清、精盐、淀粉5克拌和上浆。炒锅置火上,放油烧热,下猪肉丁及白果炒匀,至熟后起锅。原锅加入猪油25克,投入葱段煸炒,随即加入黄酒、鲜汤、精盐、味精,倒入肉丁和白果,翻炒几下,放湿淀酚、麻油,起锅即成。

【功用】 养颜健肤,敛肺定喘,收涩止带,益气健脾,补虚养气。

蜜饯白果

【原料】 白果250克,白糖100克,桂花酱、蜂蜜、猪油各适量。

【制作】 将白果去壳,放入碱水内(每500克水加碱2克),刷去表皮上的薄膜,去除果心,再用清水冲洗干净,然后放入开水锅内焯透后捞出。炒锅置火上,放入适量清水、白糖、蜂蜜煮沸,用手勺撇去浮沫,加入白果,改用小火烧煮,再加入桂花酱、猪油,待汤汁稠浓时,起锅装盘即成。

【功用】养颜健肤,补肺定喘,补肾固涩。

冰糖炖白果 ❧

【原料】白果 50 克,冰糖 25 克。

【制作】将白果去壳,放入开水锅内略煮后取出。冰糖碾碎。炒锅置火上,放入适量清水、冰糖、白果,用旺火煮沸后,改用小火炖至白果熟透后即成。

【功用】养颜健肤,润肺化痰,止咳平喘。

豆浆煮白果 ❧

【原料】白果 10 个,豆浆适量。

【制法】将白果去壳,放入锅内加水煮后取出,剥去外衣。炒锅置火上,放入豆浆、白果,煮沸后即成。

【功用】养颜健肤,止带浊。

橄　榄

　　橄榄为橄榄科植物，又名青果、青子、青橄榄、橄榄子、谏果、忠果、山榄、白榄、黄榄、甘榄、黄榔果等。橄榄主要产于福建、广东两省，并有白榄和乌榄之分。白榄，果皮黄绿色，可供鲜食与加工。乌榄，果实较白榄大，果皮紫黑色，味涩，不能鲜食，主要用于加工，果肉和核仁是制取橄榄油的主要原料。鲜食橄榄地方名种有：福建的檀香榄、广州的猪腰榄和茶溶榄、汕头的白榄等。对于鲜食橄榄，果粒越小，质量越好。因为果粒越小，肉质越细嫩松脆，口感越好。此外，要求颗粒均匀，果皮青绿而有光泽，皮纹细致，肉质细嫩松脆，回味甘甜，富有香气，无烂粒。橄榄果实水分较少，一经蒸发失水，极易失去其风味品质。因此，橄榄的存放，要求保持较高的湿度，避免通风漏气，以防果实皱缩。一般可用塑料袋包扎紧，放入瓦罐内密封保存，可存放几个月。

　　橄榄的果实中含有人体必需的多种营养素，每 100 克可食部分中含有水分 80 克、蛋白质 1.2 克、脂肪 1 克、膳食纤维 4.1 克、碳水化合物 12 克、钙 204 毫克、磷 60 毫克、铁 1.4 毫克；此外，还含有维生素 A1.1 毫克、维生素 $B_1$0.04 毫克、维生素 $B_2$0.04 毫克、尼克酸 0.1 毫克、维生素 C21 毫克，以及香树脂醇、鞣质等。常吃橄榄可以调理肌肤，排毒养颜。

　　橄榄味甘酸，微涩，性平，具有清热解毒、生津止渴、清肺利咽的功效。适用于治疗咽喉肿痛、烦热干渴、吐血、菌痢等。

橄榄和橄榄油具有防治心脏病、胃溃疡和保护胆囊的功能。

多吃橄榄油可降低患乳腺癌的风险。橄榄油中的油酸可大幅度减少乳腺癌致癌基因的作用。

胃酸过多者不宜食用。

橄榄糕

【原料】橄榄仁50克，面粉50克，发酵粉、白糖各适量。

【制作】将橄榄捣碎磨成粉，掺入面粉中加发酵粉、白糖及适量清水和匀，制成橄榄糕面胚。橄榄糕生胚上笼，蒸熟后取出即成。

【功用】养颜健肤，清热解毒，生津止渴。

豆腐蚝豉橄榄

【原料】豆腐500克，蚝豉100克，咸橄榄3个，生姜2块。

【制作】将生姜洗净切片。豆腐切成小块。炒锅置火上，将生姜片、豆腐块、蚝豉、咸橄榄一同放入锅中，加入清水适量，用小火炖至汤浓即成。

【功用】养颜健肤，清热解毒，健脾开胃。

橄榄炖肉

【原料】橄榄肉10个，猪瘦肉150克，鲜藕150克，酱油、白

糖、植物油各适量。

【制作】将猪肉洗净,切成块。藕洗净,切成块。炒锅置火上,放油烧热,下猪肉煸炒,再加入适量清水、橄榄、藕块、酱油、白糖,用小火炖熟即成。

【功用】养颜健肤,滋补润肺,润燥通便,止血。

冰糖炖橄榄

【原料】生橄榄 20 个,冰糖 50 克。

【制法】将生橄榄打碎。冰糖碾碎待用。取沙锅置火上,放入适量清水、橄榄、冰糖,用旺火煮沸后,改用小火炖约 30 分钟即成。

【功用】养颜健肤,清肺解毒,止咳化痰。

桂　圆

桂圆为无患子科植物龙眼的果实，又名圆眼、龙眼、益智、蜜脾、绣水团、骊珠、海珠丛、龙目、川弹子、亚荔枝等。桂圆在我国福建、广东、广西、四川等省区都有栽培，以福建产量最高。优良品种有：福建的普明庵、乌龙岭、福眼，广东的石硖、乌圆等。在选购桂圆鲜品时，要求果皮色泽黄褐色，可略带青色，壳薄而平滑，果实柔软而富有弹性，肉质莹白，呈半透明，味香甜，核小，无破壳、软壳和流汁果。桂圆壳脆易碎，果肉易霉、易蛀，存放时应注意防潮、防热、防压、防虫。可将完整无损、干燥的桂圆用食品塑料袋密封放在室内阴凉、干燥处。也可用保鲜袋密封放在冰箱中。

桂圆自古以来就被视为滋补佳品，其营养成分确非一般水果可比。每 100 克桂圆肉含水分 17.7 克、蛋白质 4.6 克、脂肪 1 克、膳食纤维 2 克、碳水化合物 71.5 克、钙 39 毫克、磷 120 毫克、铁 3.9 毫克。此外，还含有维生素 B_1 0.04 毫克、维生素 B_2 1.03 毫克、尼克酸 8.9 毫克、维生素 C 27 毫克，以及有机酸、腺嘌呤、胆碱等成分。

桂圆是传统的养颜美白佳品，经常食用有消除皱纹、白嫩肌肤的作用。

桂圆性味甘平，具有开胃益脾、养血安神、壮阳益气、补虚长智的功效。适用于思虑过度，劳伤心脾引起的惊悸怔忡、失眠健忘、食少体倦、脾虚气弱、便血崩漏、气血不足、贫血等。

桂圆有延寿作用，这是因为它能抑制使人衰老的黄素蛋白的活性。桂圆中所含维生素 P 对人体有特殊功效,能增强血管弹力、强度、张力、收缩力,使血管完整,保持良好功能。

桂圆可供鲜食,肉质鲜嫩,色泽晶莹,香味浓郁,鲜美爽口。除鲜食外,可于初秋果实成熟时采摘,烘干或晒干,剥开果皮,取肉去核,晒至干爽不粘,贮存备用。还可加工成罐头、桂圆膏等。桂圆还可做八宝饭,加莲子、红枣等可做粥,亦可做菜点的原料。

素有痰火及湿滞停饮者应慎食,最好忌服。小儿、体壮者也应少食。

桂圆红枣饭

【原料】桂圆肉 10 克,红枣 8 个,粳米 250 克,白糖 20 克。

【制作】将桂圆肉、红枣、粳米一起洗净入锅,加白糖,再加适量水,煮熟即成。

【功用】养颜健肤,补气血,益心脾。

八宝饭

【原料】桂圆肉 50 克,薏米、白扁豆、莲子肉(去芯)、核桃仁各 40 克,糖青梅 25 克,红枣 20 个,糯米 500 克,白糖 60 克。

【制作】将薏米、白扁豆、莲子用温水泡发 4 小时,洗净,放在普通锅或高压锅内煮熟备用。红枣洗净。用水泡发。核桃仁炒熟。桂圆肉、糖青梅装入盆中待用。糯米淘洗干净后放盆中,加水蒸熟备用。取大碗一个内涂猪油,碗底摆好糖青梅、桂圆肉、红枣、核桃仁、莲子、白扁豆、薏米,最后放熟糯米饭,再上蒸锅蒸约15～20分钟,取出,把八宝饭扣在大圆盘中,再用白糖加水煎汁,浇在饭上即成。

【功用】养颜健肤,健脾养胃,补益气血,滋阴益肾。

淫羊藿桂圆面

【原料】桂圆肉100克,淫羊藿15克,面条500克,山药400克,黄酒、酱油各10克。

【制作】将淫羊藿加水煎汁,滤渣取汁。山药煮熟、去皮、切段。桂圆肉放水煮熟,加入药汁、调料再沸,拌入山药段并压泥直至山药完全溶开。另起锅将面条下好,捞出面条倒入山药面汤即成。

【功用】养颜健肤,温补肾阳,健脾宁心。

桂圆酒

【原料】桂圆肉500克,米酒3 000克。

【制作】将桂圆肉去核,浸入米酒内,100日后可饮用,桂圆肉可食。

【功用】养颜健肤,养血安神。

山楂桂圆红枣酒

【原料】山楂250克,桂圆250克,红枣30克,红糖30克,米酒 1 000 克。

【制作】将山楂、桂圆肉、红枣洗净去核沥干,然后加工粗碎,置容器中,加入红糖和米酒,搅匀,密封浸泡 10 天后开封,过滤,澄清即可。日服 2 次,每服 20 克。

【功用】养颜健肤,益脾胃,助消化。

增智果脯

【原料】桂圆肉 60 克,荔枝肉、红枣、葡萄干各 50 克,蜂蜜 100 克。

【制作】将洗净的桂圆肉、荔枝肉、红枣、葡萄干放入锅中,加适量水以小火煎煮,待熟软后,加入蜂蜜,再煎煮至稠黏,收汁即可。

【功用】养颜健肤,通神益智,滋阴补虚。

桂圆橘饼糖

【原料】桂圆肉、橘饼各 100 克,白糖 500 克。

【制作】将白糖放在铝锅中,加水少许,以小火煎熬至较稠厚时,加入橘饼、桂圆肉,调匀,再继续煎熬至用铲挑起即成丝状而不粘手时,停火。将糖倒在表面涂过食用油的大搪瓷盘中,待稍冷,将糖分割成条,再分割成约 100 块即成。

【功用】养颜健肤,养血安神,健脾开胃。

桂圆莲心 ⌒⌒⌒

【原料】桂圆 125 克,莲子 100 克,冰糖 100 克,猪板油 50 克,糖桂花适量。

【制作】将桂圆去壳去核,冲洗干净。莲子放入锅中,加入适量清水,用中火煮沸,捞出莲子,汤汁备用。用桂圆肉把莲子包裹起来,即成桂圆莲心生坯。把桂圆莲心放入碗中,加入煮莲子的原汤及猪板油、冰糖、糖桂花,盖上盖,装入笼屉,蒸至熟透取出,去掉板油,覆扣在压盘内即成。

【功用】养颜健肤,补心肾,益脾胃。

冰糖桂圆 ⌒⌒⌒

【原料】桂圆 250 克,冰糖 100 克。

【制作】将桂圆去皮去核,冲洗干净。炒锅置火上,加入适量清水、冰糖,用旺火煮沸后,撇去浮沫,加入桂圆肉,用小火炖约 20 分钟即成。

【功用】养颜健肤,补脾养心。

桂圆炖肉 ⌒⌒⌒

【原料】桂圆肉 100 克,猪肥瘦肉 300 克,精盐、味精、黄酒、白酱油、白糖、鲜汤各适量。

【制作】将桂圆肉冲洗干净。猪肉冲洗干净,放入锅中,加入适量清水,用旺火煮至八成熟后捞出,切成块。炒锅置火上,加入鲜汤、黄酒、精盐、味精、白糖、白酱油烧开,再加入桂圆肉、猪肉,用小火焖至熟烂,再改用中火收浓汤汁即成。

【功用】养颜健肤,滋补阴血,养心安神,润肺止咳。

桂圆猪心

【原料】桂圆肉50克,猪心1具,生姜末、葱花、黄酒、白酱油、精盐、味精、鲜汤各适量。

【制作】将桂圆肉冲洗干净。猪心对切,冲洗干净,改刀切成片。取蒸碗1个,放入猪心、桂圆肉、精盐、黄酒、白酱油、味精、葱花、生姜末,再加入适量鲜汤,装入笼屉,蒸至熟烂即成。

【功用】养颜健肤,养心安神。

桂圆鸡

【原料】净桂圆肉250克,肥仔鸡1只,精盐、黄酒、白酱油各适量。

【制作】将桂圆肉冲洗干净。鸡宰杀后去皮,破腹去杂,剁去鸡爪,放入沸水锅中略烫后取出,再用清水冲洗干净。取沙锅置火上,加入适量清水、仔鸡、黄酒,煮至八成熟时,再加入桂圆肉、白酱油、精盐,用小火炖约30分钟即成。

【功用】养颜健肤,补心脾,益气血,安心神,益肾精。

桂圆鸡片

【原料】桂圆肉 50 克,鸡脯肉 250 克,鸡蛋清 50 克,猪油 500 克,葱花、生姜末、精盐、味精、白糖、黄酒、麻油、鸡汤、湿淀粉各适量。

【制作】将桂圆肉冲洗干净,切成两片。鸡脯肉冲洗干净,用坡刀法片成片。把鸡片放入碗内,打入鸡蛋清,加入湿淀粉、精盐、黄酒,然后抓拌均匀。另取碗一个,加入鸡汤、精盐、味精、白糖,兑成调味汁。炒锅置火上,放油烧热,下入鸡片滑散,待鸡片呈白色时倒入漏勺沥油。原锅置火上,留少许底油烧热,下葱花、生姜末略煸炒,再加入鸡片、桂圆肉,兑入调味汁翻炒,淋上麻油,起锅装盘即成。

【功用】养颜健肤,大补气血。

红　枣

　　红枣为鼠李科植物枣树的果实，又名枣、大枣、干枣、美枣、刺枣、良枣等。枣原产我国，全国各省、区几乎都有栽培，但以河北、河南、山东、山西、陕西五省产量最高，品质最好。枣树品种很多，按果实用途可划分为制干、生食、加工三种。①制干品种，即晒成红枣的品种，特点是果肉厚，含水量低，含糖量高，制干率也高，适用于晒干或烘干，制成红枣或乌枣（如圆铃枣、相枣、金丝小枣、赞黄红枣等品种）。②生食品种，一般称为脆枣，特点是果皮薄，肉质脆嫩、多汁，含糖量高，味甜或稍酸，制干率低，适用于生食（如冬枣、梨枣、绵枣、郎家园枣、嘎嘎枣等品种）。③加工品种，一般指的是适用于制蜜枣或枣脯的品种，特点是果型大而整齐，少汁，含糖量低，肉厚，肉质疏松，皮薄，核小（如大泡枣、糖枣等）。

　　红枣易受潮变质。家庭购买的红枣，少量可放入塑料袋中，扎紧口，放在通风、干燥、阴凉处保存。

　　红枣质细味甜、皮薄肉厚、营养丰富，每100克干品中含有水分26.9克、蛋白质3.2克、脂肪0.5克、膳食纤维6.2克、碳水化合物61.6克、钙64毫克、磷51毫克、铁2.3毫克。此外，还含有维生素A10微克、维生素$B_1$0.04毫克、维生素$B_2$0.16毫克、尼克酸0.9毫克、维生素C14毫克，以及有机酸、皂甙、生物碱、黄酮类物质等。俗话说"要想皮肤好，煮粥放红枣"。中医认为，大部分的女性体质均属偏寒，比较怕冷、容易疲倦、小便清长及血压偏低等,严重的还会因为宫寒而导致月经不调、痛经,甚至不育;再加每月的生理周期,肤色当然不会好。而红枣则性暖,它养血保血,改善血液循环,若经常食用,好处自然是不胜枚举。

红枣性温味甘,具有养胃健脾、益血壮身、益气生津等功效。适用于胃虚食少、脾弱便溏、气血津液不足、营卫不和、心悸怔忡、妇女脏躁等。

红枣治疗血小板减少、非血小板减少性紫癜有一定效果。红枣还具有抗癌的作用。红枣有增强肌力的作用。对于急慢性肝炎、肝硬化患者的血清转氨酶转高者有降酶作用。对过敏性哮喘、支气管平滑肌松弛者可起到平喘作用。红枣确是人体保健营养品,尤其是高血压、动脉硬化、冠心病、坏血病等患者,更为合适。

红枣的食法多种多样,但都以甜食为主,煮红枣汤、熬红枣粥,还可做甜羹、包粽子、蒸糖糕和八宝饭等等。食用红枣应根据不同甜食的需要和制法,来选用红枣或小枣。红枣肉松易烂,宜急火少煮;小枣肉质坚实,宜小火多煮。爱喝汤的宜用红枣,爱吃枣的宜用小枣;蒸糕的用红枣,熬粥的用小枣。红枣还可以做菜,广东、海南人煲汤,喜欢放几个枣作佐料。

因红枣助湿生热,令人中满,故湿盛腹胀满者忌服。痰热咳嗽者忌服。

红枣面 ∾∾∾∾∾

【原料】 红枣 200 克,面条 500 克,叉烧 200 克,黄瓜 2 条,绿豆芽 150 克,麻油 3 克,芝麻酱 10 克,酱油、醋各 2 克。

【制作】 将水泡红枣 1 小时,捞出,略挤水分。叉烧切片。黄瓜切片盐施。绿豆芽水焯。红枣加水煮烂,放酱油、醋调味烧开。另一锅下面条,挨熟捞出。盖浇叉烧、黄瓜、绿豆芽及红枣汤和2个红枣,拌入芝麻酱、麻油。

【功用】 养颜健肤,补脾养胃。

七仙炒面

【原料】 芡实500克,茯苓500克,红枣2 000克,莲子肉500克,白糖500克,粳米2 500克,蜂蜜500克。

【制作】 将茯苓、粳米、芡实、莲子肉炒熟,磨成面,过筛成细粉。再将红枣加水煮熬,浓缩去渣核,再将浓缩枣液熬成膏状,烘干,研粉,与米药粉混匀,装入瓷缸,密封备用。取适量炒面调蜂蜜,用开水冲服。

【功用】 养颜健肤,补脾益气,滋养五脏。

枣泥包

【原料】 红枣500克,面粉1 000克,面肥50克,食碱10克,白糖250克,桂花25克,猪油50克。

【制作】 将红枣拍扁,取出枣核洗净,倒入锅内煮烂,然后在铜丝细筛上擦成枣泥。炒锅倒入猪油烧热,加入白糖溶化,再倒入枣泥,用小火慢炒,炒至枣泥变浓、香味四溢时,盛入盆内晾凉,加入桂花拌匀,即成枣泥馅。将面粉倒入盆内,加入调匀的面肥和500克水和成面团,发酵。将发面加入碱水揉匀,搓成条,切成20

个剂子,按扁,包入枣泥馅,做成椭圆形坯,上屉蒸 15 分钟即熟。

【功用】养颜健肤,健脾养血,益气生津。

小红枣包子

【原料】小红枣 200 克,莲子粉 50 克,面粉 500 克,面肥 50 克,白糖 100 克,碱面适量。

【制作】将小红枣去核洗净,剁成细末,加莲子粉、白糖拌匀成馅。面粉放盆内,加面肥和水 250 克和成面团。待酵面发起,加碱揉匀,揪成 50 克 1 个的剂子,包入枣馅,捏成石榴形,置笼上蒸 15 分钟即成。

【功用】养颜健肤,养血安神,健脾养胃。

玫瑰枣卷

【原料】红枣 500 克,面粉 1 000 克,玫瑰酱 100 克,面肥 100 克,食碱 10 克。

【制作】将面肥放盆内,加入温水 500 克调匀,倒入面粉和成团,发酵。将红枣洗干净,放入屉内干蒸 15 分钟左右,取出放入盆内,加入玫瑰酱拌匀成玫瑰枣备用。待面团发起后,加入碱揉均匀,搓成长条,揪成 50 克一个的剂子,揉圆按扁,擀成直径 5 厘米的小圆饼。将玫瑰枣 3~4 个均匀地摆放在圆饼的半边,再将无枣的半边对折成半圆形,然后再对折一次成三角形,逐个做好后,放在屉上,用旺火蒸 15 分钟左右即熟。

【功用】养颜健肤,健脾益胃,养血护肝。

芸豆红枣卷

【原料】芸豆500克,红枣250克,红糖、白糖各50克,糖桂花适量。

【制作】将芸豆淘洗干净,置清水中泡发后放入锅内加水适量,煮至熟烂,待冷,放在洁净的屉布里搓揉成泥,备用。红枣用水泡发后冲洗干净,去核去皮,入锅中煮熟烂,趁热加入红白糖、糖桂花,搅拌均匀,待冷备用。将芸豆泥摊在案板上,按压成长片状,将枣泥均匀地摊在上面,将芸豆泥片、枣泥片一起卷起成长条状,再用刀与糕条垂直切成回字形糕块,整齐码在盘内,当点心食用。

【功用】养颜健肤,健脾利湿,益气和胃。

红枣红糖煮南瓜

【原料】红枣20个,鲜南瓜500克,红糖适量。

【制作】红枣去核,南瓜削去皮,加红糖及水适量,煮烂即成。

【功用】养颜健肤,补中益气,收敛肺气。

红枣益脾糕

【原料】红枣50克,苍术10克,白术10克,干姜1克,鸡内金10克,面粉500克,白糖300克,酵面、碱水各适量。

【制作】把上方前5味药放入锅内,加水适量,反复煎取浓缩汁,待用。将面粉、白糖、发酵面一同放入盆内,倒入药汁及适量水,揉成面团,待面发酵后,加碱水,揉均匀,试好酸碱度,然后做成糕坯,最后,将糕坯置笼上,用旺火蒸熟即成。

【功用】养颜健肤,益脾健胃,助运消食。

枣糖糕

【原料】发面500克,小红枣150克,蜜枣100克,红糖250克,粟米面100克,玫瑰5克。

【制作】将红糖用泡玫瑰的水溶化,和开粟米面。发面与之拌成稀糊状。将一半面糊倒入方格模中,放入小红枣、蜜枣,再倒上另一半面糊。上笼蒸20分钟后,取出即成。

【功用】养颜健肤,益脾助运,补益气血。

麻枣烤饼

【原料】红枣500克,面粉500克,发酵粉50克,芝麻50克,白糖100克,食油50克,食碱适量。

【制作】将面粉、发酵粉、食油、白糖30克、清水(40克)放入盆内用力搓揉成面团,放于温暖处待发酵后,调入适量食碱,再揉搓均匀,备用。将红枣洗净,用水煮熟,去除内核,调入食糖,用力捣成枣泥,成馅,备用。将发好的面团,制成20个小块,逐个压扁,中间包上枣泥。再擀成小圆薄饼,拍上一些芝麻,刷上一层食油,

备用。将烧烤机调至中温,预热后放入麻枣饼,边烤边翻,烤至两面焦黄香熟即成。

【功用】养颜健肤,健脾益气。

枣仁馅饼

【原料】红枣50克,熟核桃仁30克,熟芝麻20克,熟花生20克,食糖150克,面粉500克,猪板油50克,猪油100克。

【制作】将红枣洗净除核,切成细末。猪板油洗净,切成粒。核桃仁、芝麻、花生共研为细末,再与枣末、食糖、猪油粒拌匀成馅,备用。将面粉200克,猪油75克混合搅拌成油酥。另将面粉300克,猪油25克及适量清水放在一起用力揉匀成面团,备用。将面团擀成面皮,包裹油酥再擀成长方大片,卷成长条卷,切成20个小卷,逐个压扁,包入馅心,擀成圆形薄饼,备用。将烤箱调至中温,预热后放入馅饼,随烤随翻,烤至两面焦黄香熟时即成。

【功用】养颜健肤,滋阴益气。

蜜汁山药饼

【原料】山药500克,枣泥100克,糯米粉80克,蜂蜜10克,白糖200克,桂花酱5克,麻油50克,植物油600克(实耗约60克)。

【制作】将山药洗净,放入笼中蒸熟,取出剥去皮,放在案板上用刀抿成细泥,加入 50 克糯米面拌匀(其余糯米面作碟面),放在案板上,摊成厚 1.5 厘米的饼,用刀切成 2 厘米见方的块。枣泥搓成粗 0.2 厘米的条,再切成长 1 厘米见方的块与山药泥切等量块数,将山药泥逐块压扁,蘸着糯米面,把枣泥包起,轻轻压成扁圆形的饼。炒锅放在中火上,放油烧至七成热,放入山药饼,约炸五分钟呈金黄色时捞出,炒锅放入麻油、白糖 50 克,在微火上炒至呈鸡血红色时,加入开水 200 克、蜂蜜、白糖、桂花酱烧沸,用漏勺捞出桂花酱渣,再移至小火上,将汁煸浓,倒入山药饼,稍煸,盛入盘内即可。

【功用】养颜健肤,健脾益胃,帮助消化。

红枣白鸽饭

【原料】红枣 25 个,净乳鸽 1 只,黄酒、酱油、白糖各 10 克,植物油 20 克,香菇 3 朵,生姜 2 克,米饭 200 克。

【制作】将乳鸽斩块,用黄酒、白糖、酱油、植物油浸 6 小时。红枣洗净,去皮、核。香菇水发后切丝。生姜切片。将香菇、生姜片一起入鸽肉中拌匀。米饭中加鸽肉、香菇、红枣,蒸 15 分钟。

【功用】养颜健肤,滋阴益气。

红枣炖香菇

【原料】红枣 150 克,香菇 15 个,黄酒 50 克,植物油 50 克,生姜片、精盐、味精各适量。

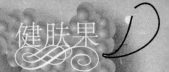

【制作】将红枣冲洗干净,剔去果核。香菇去蒂洗净。取沙锅置火上,倒入适量清水,加入红枣、香菇、精盐、味精、植物油、黄酒、生姜片,加盖,用旺火炖至熟烂即成。

【功用】养颜健肤,补脾胃,益气血。

红枣豆腐

【原料】红枣 250 克,豆腐 4 块,鸡蛋清 2 个,猪油 750 克,白糖、精盐、味精、酱油、醋、干淀粉、湿淀粉各适量。

【制作】将红枣冲洗干净,放入沸水中浸泡 1 个小时左右,捞出剔去枣核,在枣肉里撒上一层干淀粉。把豆腐制成泥,放入鸡蛋清、精盐、味精,用手抓匀成馅料。在撒上干淀粉的红枣内,装入豆腐馅,用手捏拢枣口,口朝下放入盘内,待逐一做好后,再撒上干淀粉。炒锅置火上,放油烧热,投入红枣,炸至枣皮收缩时用漏勺捞出,放入盘中。原锅洗净置火上,放入适量清水,加入白糖、酱油、醋烧沸,用湿淀粉勾芡,起锅后倒在红枣上即成。

【功用】养颜健肤,补气健脾,养胃生津。

枣方肉

【原料】红枣 300 克,带皮肋条猪肉 750 克,冰糖 150 克,酱油 100 克,黄酒 100 克,白糖、葱花、生姜片、鲜汤、猪油各适量。

【制作】将红枣冲洗干净后放入锅中,加入清水煮至熟烂,捞出去皮剔核,制成枣泥放入碗中。把猪肉皮刮净,用温水冲洗干净,放入锅中,倒入适量清水(淹过肉块),用旺火将其煮至半熟,捞出洗净。把肉皮剌上花刀,放入内有竹箅垫底的沙锅(肉皮朝下),加入猪肉鲜汤、黄酒、酱油、冰糖、葱花、生姜片,盖好盖。将沙锅放在小火上慢焖,待肉熟烂后捞出,放入大碗中(皮朝下),浇上原汁。炒锅置火上,倒入猪油,加入枣泥、白糖后炒匀出锅,把枣泥均匀地抹在肉面上。再用净玻璃纸包好,装入笼屉。蒸熟取出,揭去玻璃纸,把肉倒扣在盘中即成。

【功用】 养颜健肤,滋阴养血,养胃润肺。

红枣炖肘子

【原料】 红枣 100 克,猪肘 1 000 克,葱花、生姜末、精盐、味精、冰糖、酱油、黄酒各适量。

【制作】 将红枣冲洗干净,剔去枣核。猪肘去净残毛,刮洗干净,放入开水锅内余去血污,捞出洗净。用少许冰糖炒成深黄色糖汁。取沙锅垫好瓷片,放入适量清水,下入猪肘肉,用旺火煮沸后撇去浮沫,加入红枣、糖汁、冰糖、酱油、葱花、生姜末、黄酒、精盐、味精,用小火炖约 2 小时,肘子软烂即成。

【功用】 养颜健肤,补肾健脾,养血润肤。

炸红枣

【原料】 红枣 250 克,植物油 500 克,面粉、干淀粉各适量。

【制作】 将红枣冲洗干净,用清水浸泡回软后捞出,剔去核,

掰成两瓣。把干淀粉、面粉放入碗内，加入清水，调成稠米汤状，倒入红枣，搅拌均匀。炒锅置火上，放油烧热，下红枣稍炸后捞出，晾凉，再下油锅复炸至金红色时捞出，沥油装盘即成。

【功用】养颜健肤，健脾胃，益气血。

蜜汁红枣

【原料】红枣200克，蜂蜜100克，白糖100克，桂花酱5克。

【制作】将红枣洗净，用温水泡至饱满，发透。炒锅置火上，加清水适量，下入白糖、桂花酱、蜂蜜。待白糖融化后，下入红枣，将汁熬至蜜汁状时，起锅装盘即成。

【功用】养颜健肤，健脾养胃，润肺补虚，宁心安神。

红枣羊肉丸

【原料】红枣150克，羊肉250克，鸡蛋清50克，植物油500克（实耗约50克），葱花、生姜末、精盐、味精、白糖、干淀粉各适量。

【制作】将红枣洗净放碗中，装入笼屉蒸熟后取出，去皮剔核，制成枣泥。把羊肉洗净，剁成肉泥放碗中，加入葱、生姜、精盐、味精、鸡蛋清、淀粉，用筷子搅匀，分成30份，分别包入枣泥，捏成丸子。炒锅置火上，放油烧热，投入丸子炸至熟透，用漏勺捞出沥去油。原锅置火上，留少许底油烧热，加入白糖稍炒，倒入丸子，用手勺推翻，出锅后撒上白糖即成。

【功用】养颜健肤,温暖脾肾,补益气血。

蜂蜜枣丸 ~~~~

【原料】红枣 750 克,白糖 300 克,猪板油 75 克,青红果丝 23 克,糖桂花 5 克,核桃仁 30 克,干淀粉 50 克,蜂蜜 100 克,冰糖 30 克,植物油 1 000 克(实耗约 150 克)。

【制作】将红枣洗净,置笼上蒸熟后取出晾凉,剥皮去核。搓成枣泥。猪板油撕去皮膜,剁成细茸,核桃仁切成小粒,冰糖砸成碎屑,加白糖 250 克和青红果丝、糖桂花合在一起搓成馅,做成 20 个同样大小的馅心,用枣泥包裹,入干淀粉内拍粉。炒锅置旺火上,放油烧至六成热,将枣泥丸子挂糊,放入油锅中炸至丸子外壳硬脆,色泽金黄,即可捞出。炒锅置中火上,加蜂蜜和白糖上火炒,再入枣丸略烧,捞出放入盘内,熬浓甜汁浇在枣丸上即成。

【功用】养颜健肤。

枣泥鳜鱼 ~~~~

【原料】枣泥 100 克,净鳜鱼 1 尾,鸡蛋清 30 克,精盐、黄酒、醋、面粉、玫瑰花酱、白糖、葡萄酒、干淀粉、淀粉、鸡汤、猪油、植物油各适量。

【制作】将鳜鱼斩去头尾,冲洗干净,片开中间单用。再将中断片去皮,剔去骨,切成方片放入盘中,加入精盐、黄酒,用手抓匀腌好。在鳜鱼一侧撒上干淀粉,放入枣泥抹匀,再卷成卷。蛋清里加入面粉、淀粉、猪油,用筷子搅成糊状。炒锅置火上,放油烧热,把鱼卷逐个挂匀糊投入油锅中,过油后捞出,再把鱼头、鱼尾挂匀糊放入油锅内,炸酥后捞出,码在盘的两端,再将过油鱼卷放入油锅复炸,待呈金黄色时,用漏勺捞出,码入盘内,使整个外形成鱼状。另取炒锅置火上,放入玫瑰花酱、白糖、葡萄酒、醋、精盐、鸡汤、味精烧沸,用湿淀粉勾芡,出锅后浇在鱼卷上即成。

【功用】养颜健肤,补益脾胃,益气养血。

红枣炖鲤鱼

【原料】鲤鱼1尾,红枣5个,黑豆30克,葱段、生姜片、黄酒各适量。

【制作】将鲤鱼宰杀,去除内脏洗净,切成段。红枣洗净,剔去核。黑豆淘洗干净,用清水浸泡一夜。炒锅置火上,放入适量清水和鲤鱼,用旺火煮沸,再加入黑豆、红枣、葱、生姜、黄酒,改用小火煮约1小时即成。

【功用】养颜健肤,补虚利水,养血通乳。

枣烧海参

【原料】水发海参750克,黑枣100克,猪油500克,葱白、湿淀粉、白糖、味精、黄酒、酱油、麻油、鲜汤各适量。

【制作】将海参冲洗干净,切成块。黑枣洗净,用清水浸泡后,捞出剔去果核,蒸熟。葱白切成段。炒锅置火上,放入猪油,烧至五成热时下入海参过油,约 30 秒钟后捞出沥油。原锅置火上,留少许底油烧热,加入葱白、酱油、味精、黄酒、白糖煸炒,再倒入奶汤,放入海参、黑枣,烧几分钟后,用湿淀粉勾薄芡,淋上麻油,起锅装盘即成。

【功用】 养颜健肤,补益精血。

红枣煲猪蹄

【原料】 红枣 250 克,猪前蹄 1 具,生姜、葱、精盐、味精、酱油、黄酒、胡椒粉、大茴香、冰糖、植物油 1 000 克。

【制作】 将红枣剔去核,冲洗干净,放入碗中。把猪蹄洗净,放在小火上慢烤,见成焦黑色时,离火后放入清水中泡至发软,捞出并刮去污垢,再用清水冲洗干净,然后剖开,去骨,把肉整修均匀,肉面划出刀口,使其成菱形状,放入沸水锅内稍煮,捞出用黄酒、酱油拌匀。炒锅置火上,放油烧热,投入猪蹄,炸呈淡红色时捞出,随后再投入汤锅内,煮熟捞出。取沙锅置火上,放入竹垫,下入猪蹄,加入黄酒、精盐、冰糖、胡椒粉、大茴香、葱、生姜、酱油、红枣、清水,盖好盖,用小火焖一段时间后,将沙锅离火,揭开盖,捞出大茴香、生姜、葱,取出红枣、猪蹄。原锅置火上,放入猪蹄,加入味精,倒入原汤,收浓汤汁。捞出猪蹄放在圆盆中,围好红枣,浇鲜汤汁即成。

【功用】 养颜健肤,养血止血,补血通乳。

梅　子

　　梅子为蔷薇科落叶乔木植物梅的果实,又名梅实。梅的起源地在我国南方,多分布在长江以南各省,现已跨长江,过黄河,纵横长城内外,但梅在北方只开花而不结果实。梅与杏相比,果实小而酸,核有细纹;而杏果实大,味甜,并且果核表面光滑。梅有白梅、青梅、花梅之分。白梅成熟最早,果实未熟时为青色,成熟后为黄白色,质粗味苦,核大肉少,主要用于制梅干。青梅紧接白梅上市,果实青色或青黄色,绝不变为黄白色,这是与白梅不同之处。青梅味酸稍苦,除鲜食外,主要制蜜饯。花梅,又称红梅,成熟最晚,果实阳面有紫红色晕,质脆青酸,为梅中上品。初夏采取将成熟的绿色果实,洗净鲜用者为青梅。以盐腌制后晒干食用为白梅。以小火炕干起皱再焖黑者则为乌梅。选购鲜梅,要求果实肥大,果面绿色开始转淡,坚实松脆,肉厚核小,口味要酸,无苦涩味,果皮有柔毛,果面无褐色斑块等伤疤。鲜食梅子以青鲜、松脆时食用最佳,不宜存放。乌梅为成熟落下的梅果,用盐渍泡10天,以梅烟拌和使表面变黑,放在竹匾内,点火熏烟,焙干后的制成品。选购乌梅时,要求颗粒完整,外表洁净,无肉眼可见杂质,颜色乌黑,有光泽,果肉柔韧,无明显硬质感。乌梅干宜存放于通风、干燥、阴凉处,并注意检查,防止霉烂和虫害。

　　每100克青梅的可食部分中含水分91克、蛋白质0.9克、脂肪0.9克、碳水化合物5克、膳食纤维1克、钙11毫克、磷36毫克、铁

1.8 毫克、胡萝卜素 0.2 毫克、维生素 B_1 0.06 毫克、维生素 B_2 0.04 毫克、尼克酸 0.5 毫克、维生素 C5 毫克,还含有较多量苹果酸、柠檬酸、琥珀酸、谷甾醇等。常吃梅子可以排毒养颜。润泽肌肤。

梅子性味酸温,具有敛肺止咳、涩肠止泻、和胃安蛔、固崩止血、生津止渴的功效。适用于肺虚久咳、腹泻久痢、便血、尿血、崩漏、虚热烦渴、蛔厥腹痛、呕吐等。

乌梅水煎液有广谱抗菌、抗真菌及抗过敏作用,对肠炎、痢疾、伤寒、白喉、皮肤脓毒感染、疥疮癣病及过敏性疾病有一定治疗作用。

青梅味酸,成熟时含有微量的氢氰酸,不宜过食。凡有表邪、内有实热积滞者均不宜食用。

青梅核桃仁饺 ❧

【原料】青梅 50 克,核桃仁 50 克,面粉 50 克,果酱 70 克,冬瓜条 50 克,白糖 10 克,可可粉适量。

【制作】将青梅、冬瓜条分别剁成末。核桃仁洗净,捞出,沥水,剁成末,放入盆中,加入青梅末、冬瓜条末、果酱,搅拌均匀,即成为馅料。面粉放入另一盆里,加入可可粉,用热水和成面团,揉匀,放在案板上摊开晾凉,揉匀揉透,盖上湿布饧面片刻,再稍揉几下,搓成长条,揪成小面剂,压扁,再擀成圆形薄面皮。将馅料打入面皮里,包成圆球形,再用花夹子夹成核桃仁样花纹,即成蒸饺生坯。将饺子生坯摆入小笼里,置锅上,旺火沸水蒸 3~4 分钟即熟,原笼垫盘,直接上桌。

【功用】养颜健肤,补肾生津。

乌梅甜糕

【原料】乌梅 12 个,面粉 500 克,冰糖 300 克,发泡粉、糖桂花、植物油各适量。

【制作】将乌梅洗净,放入锅内,加入冷水煮沸后,再加入冰糖、糖桂花,改用小火煮约 30 分钟后,将锅离火,继续闷泡 3 小时,然后滤取乌梅甜汁。取圆型(或方型)糕盆一个,内面抹上一层油,倒入面粉、发泡粉,搅拌均匀,再加入乌梅甜汁拌匀,最后放油继续搅拌以稀稠适中为度。糕盘置笼上,蒸约 30 分钟即成,热食、冷食皆可。

【功用】养颜健肤,醒胃健脾,生津止渴。

梅汁鸡

【原料】酸梅 150 克,净鸡 1 只,植物油 750 克,蒜头、白糖、豆豉、酱油、黄酒、生姜、麻油、麦芽糖、湿淀粉各适量。

【制作】将酸梅撕去外皮,剔去果核。蒜头、生姜去皮,连同酸梅、豆豉一起放入碗内,用刀把捣烂,然后加入黄酒、麻油、酱油、白糖搅拌均匀,即成酸梅汁。净鸡洗净,沥干水分,将酸梅汁倒入鸡腹内,再用针线缝合。外用冲化的麦芽糖涂抹均匀。炒锅置火上,加入植物油烧热,然后放入鸡,炸至呈金黄色时捞出,沥油后放入大盘内,再上笼蒸至熟透取出。将鸡腹内的原汁滗入小碗内,再把鸡斩成块,码入盘内。炒锅置火上,放入蒸鸡的原汁烧沸,再用湿淀粉勾芡,起锅浇在鸡上即成。

【功用】养颜健肤,开胃助食,补益气血。

酸梅蒸鱼头 ❧

【原料】酸梅 3 个,大鱼头 1 个,蒜瓣 2 个,生姜丝 15 克,白糖、精盐、酱油、豆豉、植物油适量。

【制作】将鱼头去鳃,洗净,用刀斩成块,摆入盘中待用。酸梅去核,捣烂。蒜瓣剥去外衣,剁成蒜茸。豆豉洗净,用刀头捣烂。酸梅、蒜茸、豆豉、生姜丝装入碗内,加入酱油、植物油、精盐、白糖,调拌均匀,浇在鱼头上待用。取装有鱼头的盘子置笼上,蒸熟后取出即成。

【功用】养颜健肤,补益脑髓,开胃助食。

酸梅肉排 ❧

【原料】酸梅 50 克,肉排 400 克,红辣椒 1 个,大蒜 2 瓣,葱丝、生姜、酱油、白糖、淀粉、精盐、甜面酱、味精、植物油各适量。

【制作】将酸梅洗净后去核。蒜瓣去皮后用刀背拍碎。辣椒去子洗净,切成丝待用。肉排洗净,剁成寸方块,放入盆内,加入酸梅、碎蒜、生姜茸、酱油、白糖、淀粉、甜面酱、精盐、味精,用筷子拌匀稍腌。取碟子 1 个,放入植物油、排骨,置笼上蒸熟后取出,撒上红辣椒丝、葱丝即成。

【功用】养颜健肤,滋补养血,开胃健脾。